我的幸福婚約

七

顎木あくみ

輕文學

Light Literature

目錄

我的幸福婚約—登場人物介紹

齋森美世
成為清霞的未婚妻後，初次體會愛情。
擁有名為「夢見之力」的罕見異能。

久堂清霞
名門久堂家的當家，
亦為帝國陸軍對異特務小隊隊長。
是當代頂尖的異能者。

五道佳斗
隸屬對異特務小隊，是清霞忠實的下屬。

辰石一志
辰石家當家，破解術法的天才。

薄刃新
美世的表哥，同時也是薄刃家當家的兒子。

薄刃義浪
齋森澄美之父，是美世和新的外公／爺爺。

堯人
皇太子。擁有天啟的能力。

齋森澄美
美世的生母。已故。

久堂正清
前任久堂家當家。清霞之父。體弱多病。

久堂芙由
清霞與葉月之母。個性高高在上。

久堂葉月
清霞之姊。育有一兒。

由里江
久堂家的幫傭太太。連清霞都必須敬她三分。

序章

一枚淡紅色花瓣乘著柔和的風從窗外飄過。

晴朗的好天氣，加上迎面撫來的宜人春風，讓人心情莫名雀躍。

盛開期剛結束的櫻花開始從枝頭落下。不時宛如雨點般紛落的花瓣，在地上形成一層薄薄的粉色地毯。

美世一動也不動地坐在椅子上，低頭靜靜望著自己的手。

（老爺……）

今天，是她期盼已久的結婚典禮。

為了參加婚禮而聚集在此的雙方家屬的交談聲，不絕於耳地從遠處傳到這個新娘休息室裡。

然而，滿溢在美世心頭的，卻不是新娘會有的緊張情緒，而是焦躁與不安。

「那……那個，姊姊……」

「美世妹妹，妳真～的好漂亮呢！連我都想跟妳結婚了。」

即將成為大姑的久堂葉月，雙頰泛紅地道出今天不知已經說過幾次的稱讚。儘管覺得感激，但籠罩著美世內心的烏雲仍無法散去。

「那個，我是想說……」

「葉月大人說的沒錯喲，美世大人。您真的……真的非常漂亮、非常出色……我……我實在是……」

婚禮尚未正式開始，但長年侍奉久堂家的幫傭由里江，此刻已經感動得頻頻以手帕擦拭眼角。

即將成為婆婆的久堂芙由，則是在一旁以些微不悅的眼神望著這樣的由里江。這天的她，捨棄了平常愛穿的華麗西式洋裝，改穿上半身有著久堂家唐花家紋、下襬則是細緻典雅松竹梅圖樣的黑留袖，並以貝殼雕花的髮簪固定盤起的髮絲。

她煩躁地以闔上的扇子敲打自己的手掌心。

「所謂佛要金裝，人要衣裝，就是這麼一回事吧。比起這個……能收起妳那一臉頹喪的表情嗎？」

「媽！」

「非……非常抱歉。」

雖然葉月出聲抗議，但美世也明白自己露出了和大喜之日不相稱的陰鬱表情，連忙坦率地開口道歉。

儘管如此，無論她再怎麼努力，仍擠不出笑容。因為……

因為——今天是美世人生中最幸福的日子。是她能跟自己最重要的未婚夫久堂清霞結為夫妻之日。

然而，這樣的清霞現在卻不在現場。

看到美世沉默著垂下眼簾，葉月溫柔地將手放在她的肩上。

「不要緊的，美世妹妹。」

「可是……」

「雖說清霞是個大木頭，不過，今天可是他跟最心愛的妳結婚的日子，所以沒道理不現身呀，對不對？他表面上看起來是那個樣子，但內心其實相當期待這一天的到來呢。這點妳應該也很清楚吧？」

「就是說呀，美世大人。少爺最近那滿面春風的模樣，已經超過讓人感到欣慰的程度，我甚至都要開始為他擔心了。」

被葉月和由里江雙雙這麼鼓勵後，美世抬起頭來。

她想相信清霞。相信總是最為自己著想的那個清霞。如果是清霞的話，必定會想辦法做些什麼。

美世靜靜盯著擱在掌心裡的東西。

是兩人剛相遇時，清霞給她的護身符。美世將它緊緊握在手中。

「那個～時間已經差不多了，再等下去恐怕不太妥當……」

籌備人員帶著尷尬表情，小心翼翼地開口提醒。

婚禮正式開始的時間迫在眼前。真要說的話，美世其實一小時前就該離開這裡，到準備室裡進行各項準備。是她單方面要求籌備人員再等一等。

不過，看來已經到極限了。再拖延下去的話，會影響到之後的行程，也會給負責舉行婚禮的神社相關人員以及前來參加的賓客添麻煩。

「我現在就過去。」

只要清霞趕在準備時間之內抵達就行了。不過，要是清霞真的未能現身，美世就必須向眾人致歉。

「好啦，振作一點，要走嘍。」

聽到芙由語氣平淡的鼓勵，美世的臉上終於浮現淺淺微笑。

「是，我們走吧。」

她重新打起精神。可不能老是讓大家為自己操心。因為，從今天開始，她將成為清霞的妻子。

（我就要成為久堂美世了。）

所以，為了不辜負這個名字，她必須表現得恰如其分。

美世抬頭挺胸地邁開步伐。一定不會有問題。清霞絕不可能背叛她的心意。

踏出準備室的她，感受到迎面而來的和煦春風。

第一章　咒語

這陣子的早晨總是相當晴朗，透露出些許春日氣息。

不知來自何處、同時帶著春天的溫暖和幾分寒冷的乾燥空氣，在房舍之間流竄，讓家中充滿令人昏昏欲睡的獨特暖意。

站在廚房裡的美世，以包巾將便當包裹好後，匆匆忙忙走到玄關。

今天的便當裡放了能讓人感受到春天的油菜和蜂斗菜，是她自信的作品。

清霞想必不會排斥這些帶有春菜苦味的蔬菜吧。想到這裡，每天都相當用心做飯的美世，更期待讓清霞吃下這個便當，腳步也因此變得輕盈。

「老爺。」

「噢，謝謝。」

轉過頭來的清霞，對她露出很安心似的溫和笑容。

「……這給您。」

清霞以像是對待寶物的輕柔動作，接下美世遞過來的便當，再將它收進公事包裡。

兩人相識至今已經一年。儘管每天都會見到面，到了翌日早晨，清霞不疾不徐又優雅的一舉一動，仍讓美世看得目不轉睛。

而且，如果不是她多心，打從這個月以來，清霞在家中展露笑容的次數也愈來愈多。

清霞笑的時候，讓她有種像是被溫柔摸頭——又像是整個人泡在溫水裡的舒適感覺。每當看到他毫無陰影的笑容，美世總會不知所措。

（以前絕對不會這樣的……）

但同時，美世自己的心境也已經和過去截然不同。因此，清霞說不定其實也跟她有著相同感受。

話雖如此，會讓人感到難為情的事，就是難為情。

因為，眼看大喜之日即將到來，美世總會忍不住想像未來的生活。

「美世，妳怎麼了？」

「清……！」

「清？」

「請您路上小心，老爺。」

看到美世有些慌張地這麼說，清霞輕笑一聲。

「我出門了。」

他俐落轉身，一頭淺色長髮跟著在背後傾瀉而下。將髮絲綁成一束的，是新的淺藍色手編髮帶。

在先前的騷動中，他不小心弄丟原先的紫色髮帶，因此美世前幾天編了這條全新的給他。自那天以來，清霞總是用這條新髮帶綁頭髮。

（為什麼我那時就說得出口呢……）

美世以雙手包覆住自己的臉頰，又輕觸插在頭上的那根髮簪。

光是回想清霞第二次求婚的光景，便讓她覺得臉頰彷彿有火在燒。那時，她不由自主地說了許多相當驚人的發言。

『我愛您，清霞先生。』

自己為何能說出這種話，美世至今仍感到十分不可思議。

「我愛您」、還有「清霞先生」什麼的……那時的她簡直大膽到令人難以置信，又害羞至極。

感到坐也不是、站也不是的美世，連忙快步返回廚房，收拾早餐的碗筷。

靜不下心，不過，同時也很幸福。她甚至懷疑是否還會有比此刻更加幸福的狀態。

正式結為夫妻後，兩人的關係會和現在有什麼不同嗎？

雖然不希望目前這種讓人安心舒適的現況改變，但如果能跟清霞建立起更加理想的關係，無論是什麼事美世都願意做。她想和他一起往前走。

想起過往和前陣子的辛酸回憶，有時也會讓她的內心蒙上一層陰影。

然而，和昔日相比，美世的心現在洋溢著溫暖的感覺。所以，這想必——

（我是因為緊張，才會覺得不安吧？）

偶爾，會有股不安突然湧上心頭，但只要試著忽略便會在不知不覺中消失。因此，或許只是自己多心罷了。

將衣物洗淨晾乾後，美世接著開始打掃。這一年以來，家中大大小小的家事，她早已駕輕就熟。全心投入做家事，就能讓她揮別那些難為情和不安的情緒。

去年夏天為惡夢苦惱不已時也是如此。

這麼一想，自己的本質或許壓根沒有改變吧。美世帶著幾分無奈的笑容，為了清掃、擦拭地板而走向汲水處。

這時，外頭傳來一陣汽車引擎聲。

「美世妹妹，早安！」

美世從廚房後門走到外頭，再繞到正門處時，看到一輛停駐的汽車。司機打開車門後，走下車的葉月開朗地朝她揮手。

「早安，姊姊。」

在不久的將來，即將正式成為美世大姑的葉月，今天穿著一襲時髦又格外有春天氣息的淺黃色連身洋裝，一如往常美麗得很有魄力。

美世還無法像她那樣，能夠把穿上身的西洋服飾的魅力發揮得淋漓盡致。對美世來說，葉月永遠是自己嚮往的存在，光是看著她，就會讓美世也變得有活力。

「早安。我跟妳說，我今天帶了好東西過來喲！」

葉月那張五官端正、和清霞同樣清秀的美麗臉蛋，看起來比平常更加開朗。

「好東西？」

若是祝賀結婚的禮物，現在送似乎太早了。看到美世一臉疑惑的反應，葉月以「好啦好啦」帶過，推著她的背從玄關走進家中。

被葉月推著來到客廳裡的美世，跟她隔著一張茶几坐下。

美世目前仍算不上是完美的淑女。要是在婚禮、或是在那之後的婚宴上，對賓客做出有失禮數的行為，那可就不好了。因此，她目前仍在向葉月學習成為久堂家新娘後，在眾人面前現身時應有的態度和言行舉止。

葉月今天原本就安排了過來拜訪的行程，但美世對她所說的「好東西」一點概念都沒有。

「請問您說的好東西是？」

「噢，就是這個。」

葉月打開擱在榻榻米地板上的包包，在翻找過後掏出一疊紙張，將它們攤開在桌面上。

「妳看，我剪了很多報紙和雜誌的報導下來！呵呵呵，上頭寫了不少有趣的事情呢。」

「哇啊……」

以繩子細心綑綁的整疊紙張上，貼滿了如同葉月所說的各大報章雜誌的報導。從寫著斗大標題到看起來像是專欄的報導，各式各樣的文章都有。

「這些全都是您剪下來的？」

「對呀。啊，不過，是我自己喜歡才這麼做的，所以妳別在意喔。因為看到很多關於你們結婚的報導，我忍不住想一一收集起來。」

看起來心情相當好的葉月，帶著有些得意的表情這麼說。

美世戰戰兢兢地望向她攤開的頁面。

畢竟清霞算是知名人物，美世也明白他即將結婚一事，現在成了大街小巷熱烈討論的話題。清霞也曾一臉厭煩地提及有記者想要採訪他的事。

不過，實際上到底都是些什麼樣的報導內容呢？

這讓美世很在意，但也覺得很害怕。她不自覺止住呼吸，稍微瀏覽了一下上頭的報導。

刊登在報紙上的報導，主要在說明前陣子那起足以撼動整個帝國的大規模叛亂行動，牽扯到清霞的，多半是言及他本人立場的記述。至於雜誌的報導，則幾乎都是帶點八卦感的內容。

「這……這上頭應該……沒有寫到不好的事情……吧？」

美世實在沒有勇氣一字一句深入閱讀，因此都只是大略看過去而已。不過，感覺這些報導都沒有想像中那麼尖酸刻薄，讓她鬆了一口氣。

葉月不禁笑出聲來。

「我怎麼可能特地拿會讓妳傷心難過的東西給妳看呢。雖然不是百分之百都寫好話，但大部分都是針對政府和軍方的意見，沒有譴責清霞個人或是妳的文章喲。」

「那我就放心了。」

令人感激的是，這些報導中都明確提及清霞有一段時間遭到囚禁，但在查證後發現他是冤枉的事實。

因此，清霞才沒有被冠上叛國賊這樣的汙名。

取而代之的是，軍隊和天皇都落入甘水直手中，國家也因此陷入危機——針對此事的批判砲火，目前全都集中攻擊政府。

在只有少數人相信異能和異能者確實存在的現代，甘水等人率領的異能心教和平定團，被人們視為單純的宗教團體。正因如此，有許多人抨擊國家的營運中樞，怎能因為區區一個民間團體而大受動搖。

儘管因莫須有的罪名而淪為階下囚，卻仍竭盡一己之力打倒甘水，確實證明了自身清白——對於這樣的清霞，報導中多半都給予讚賞，並為他即將結婚一事獻上祝福。這讓美世放心許多。

不過，雜誌比較偏八卦的報導就——

（這……這是什麼……）

映入美世眼中的，是諸如「哭成淚人兒的貴族千金」、「秀麗貴公子結婚的消息，讓眾多女性心碎昏厥！」、「令無數貴族千金落淚的名門第二代，終於打算成家」等半開玩笑的斗大標題。

「看吧，很有趣對不對？」

葉月捧腹咯咯笑著。

報導中鉅細靡遺地敘述了跟清霞相親破局的諸多貴族千金們內心的怨恨和辛酸，還有來自至今仍暗戀著清霞的匿名女性的心碎感嘆等，看來十分滑稽而引人發笑。

「這些……看了真的可以笑出來嗎……」

美世感到心情相當複雜，兩道眉毛也因此彎成八字狀。

此外，這些執筆的記者，批評起來也相當不留情面，最終還導出諸如「在心儀對象找到伴侶前，應當努力加深自己跟對方之間的關係」、「不可過度依賴自己的出身背景，必須擁有崇高的志向」等詭異的結論。

其中，甚至有報導是以「深閨千金們的滿心怨恨，是否會招致災難？我不禁開始為久堂的人身安全感到擔憂」做結尾。

「當然嘍。我就是為了讓妳笑一笑，才把這些剪報帶來。再說，這有一半都是清霞自作自受呢。他用冷冰冰的態度對待那些女孩子，外界才會謠傳他是個冷酷無情的人。明明可以用更溫和的方式拒絕相親對象才是啊。」

不愧是葉月，指摘一針見血。

不過，事情演變到這種程度，看來確實像是笑話。葉月的說話語氣，也讓美世噗嗤笑出聲來。

（可是……）

如果清霞真如葉月所說那樣，以溫和的態度對待過去的相親對象，美世現在恐怕就不會在這裡。

正因為他讓許許多多的名門千金傷心落淚，機會才輾轉來到美世身上。
「啊，妳看起來好像鬆了一口氣？」
聽到葉月這麼說，美世的臉頰頓時發燙。
「鬆……鬆了一口氣什麼的……」
「有什麼關係呢。妳跟清霞是彼此萬中選一的對象呀。無論經歷了什麼樣的過程，最後能像你們這樣兩情相悅，是很幸福的一件事喲。在這方面，妳可以表現得更有自信一點。」
「是。」
無論報導的詳細內容為何，多數人都願意祝福清霞和美世的婚姻。即使是八卦報導，內容基本上也多半是祝福這段婚姻的字句。
想到這件事現在已經廣為人知，最先湧上美世心頭的，是害羞和難為情的感覺；不過，這也讓她實際感受到自己和清霞結為夫妻的日子愈來愈近，一般幸福感也因此跟著湧現。
「……我可以收下這些剪報嗎？」
聽到美世鼓起勇氣這麼問，葉月愣愣地眨了眨眼。
「當然可以呀。不過……妳不是覺得不太有趣嗎？」

看來，她早已看穿美世猶豫了一瞬間的反應。

不過，葉月的心意和報章雜誌的報導內容，確實讓美世很開心。因為她本人壓根兒沒想過要剪下這類相關報導，甚至可能不會想到要去看。

過了十年之後，這些報導想必會真正成為談笑的話題，也會是很好的紀念。

「畢竟您特地整理了這麼多報導過來，我想說以後把它們拿出來看時，就能回想起這一刻的心情。」

「哎呀！妳真的……真的是！美世妹妹，妳怎麼這麼……這麼……」

葉月連話都無法好好說完，便伸出雙手掩面。等到呼吸變得平靜一些後，她隨即帶著燦爛笑容望向美世，同時問了一句「所以？」

彷彿接下來要說的話才是正題似的。

「換個話題吧。隨著婚禮舉辦的日子愈來愈近，住在同一個屋簷下的你們，會不會有無法按捺心中情意的時候呢？」

「情……！」

葉月的提問，這次著實讓美世僵在原地，臉頰和耳朵也一片紅通通。

「事到如今，可不能再用『說這種話不知羞恥』來逃避嘍。好啦，到底怎麼樣？你們差不多該把棉被鋪在一起睡了吧？」

「怎……怎怎怎……怎麼可能呢！」

美世感覺自己的腦袋像是沸騰了那樣發燙，無法好好思考。葉月怎麼有辦法若無其事地問這種問題呢？

要說她完全沒想像過這樣的情境，其實是騙人的。不過，美世還沒做好這方面的心理準備。要她跟清霞睡在並排的被褥上，是完全不可能的事情。

以前雖然有過類似的狀況，但那時的她沒有半點餘力去思考這方面的事，兩人的心境和當下的氣氛，也不如葉月所說的那樣……大概。

而且，在那之後，美世曾跟清霞的式神「阿清」同床共枕。日後，她才得知「阿清」跟清霞本人的意識其實是相連的，因此直到現在，只要回想起這件事，就讓美世難為情到說不出半句話。

「哎呀～這樣不行喲。之後，就算妳不情願，也一定得這麼做，所以可得先習慣才行呢。」

「我……我沒辦法習慣這種事……」

即使是過了一年後的現在，光是和清霞待在同一個空間，美世仍時常會感到不知所措。

要是跟他共度一晚，自己的心臟恐怕撐不下去。

「不過，清霞感覺也想好好珍惜妳呢。我能明白他的心情。換作是我，也會這麼做呀。」

「老……老爺打從一開始就很溫柔了……」

為了掩飾自己滿臉通紅的反應，美世只能垂下頭來。結果葉月露出有些不解的表情。

「噯，美世妹妹。」

「是？」

「妳不打算改掉『老爺』這個稱呼嗎？」

美世不禁瞪大雙眼。

自己不願深入思考的事，此刻一一被葉月點了出來。她只能低垂著頭，全身也跟著變得僵硬。

「打從來到這個家之後，妳就一直是這樣稱呼清霞吧？但妳的『老爺』並非『丈夫』，而是『一家之主』的意思，對不對？」

「嗚……是的。」

葉月的指摘完全沒錯。

第一次用「清霞先生」稱呼清霞之後，她便開始思考這個問題。

剛來到這個家時，美世壓根兒沒想過自己會成為清霞的妻子。她早已做好馬上被掃地出門、或是被殺害的覺悟，甚至覺得光是被當成傭人對待，就已經足夠幸運了。

所以，為了維持平穩的日常生活，美世選擇了「老爺」這個最保險的稱謂。

到現在，已經習慣這麼叫的她，實在無法馬上改口。此外，直接稱呼清霞之名，也讓她有些抗拒。她沒有這麼做的勇氣。

「我有用名字稱呼過老爺一次……我……叫他『清霞先生』。」

「這樣很好呀。不是『大人』、而是『先生』這點很不錯。不會過於嚴謹，就像時下的夫妻呢。」

「可是，我或許沒有勇氣叫第二次……」

此刻，自己的表情想必相當狼狽吧。美世怎麼也抬不起頭來。

她的臉八成紅到像是在噴火，而且遠超過「羞澀」、或是「讓人看了嘴角上揚」足以形容的程度。

「美世妹妹。」

聽到葉月平靜的呼喚聲，美世有些猶豫地緩緩抬起視線。映入眼簾的，是身為優秀淑女榜樣的葉月一如往常溫柔、慈愛的微笑。

「找機會練習一下吧。」

容。

美世不明白她的意思。練習？練習什麼？

「咦？」

雖然能理解，大腦卻不想理解。看著一臉茫然的美世，葉月朝她露出宛如女神的笑

「可不能一直都叫他老爺呢。跟妳說喲，我媽……那個久堂芙由，平常雖然也是以『老爺』稱呼我爸，但跟爸爸兩人獨處時，她就會直接以名字稱呼他，喚他『正清大人』。」

「婆婆她……？」

「真討厭呢。我就是受不了她這一點。從以前開始，我媽眼中就只有我爸、只在意我爸，不太關心我跟清霞。」

「……」

葉月的笑容似乎變得愈來愈可怕。

「話題扯遠了。所以，為了好好用名字稱呼清霞，我覺得妳必須多練習才行喔，美世妹妹。」

練習，以名字稱呼清霞的練習。該怎麼做？倘若要她一個人反覆「清霞先生、清霞先生」地叫，她可絕對做不到。

「妳可以慢慢來沒關係，但最好趕在結婚典禮舉行前做到這一點，好嗎？」

這樣的期限，根本無法讓人慢慢來。聽到葉月下的最後通牒，美世只能默默點頭。

◇◇◇

「啊啊，好討厭喔……我不想交接啦～」

五道沒出息的哀嚎聲迴盪在辦公室裡。

這裡是對異特務小隊的值勤所。現在，隊長辦公室裡頭有兩張辦公桌。一張是原本就有、供清霞使用的隊長辦公桌，另一張則是為了五道而設置的辦公桌。

五道坐在隊員們不知道從哪裡搬來的第二張桌子前，哀嚎著趴倒在桌上。

「那些文件跟交接內容無關吧。別抱怨了，快做事。」

忙著在文件上書寫文字的清霞，一雙眼睛緊盯著桌面這麼回應。

目前，他們的工作內容已經恢復成以往的狀態，主要負責處理異形相關的事件報告。不過，因為先前那場騷動，值勤所裡累積了大量無暇處理的報告。想將它們全數消化完畢，恐怕得花上好一段時間。

（感覺沒完沒了啊。）

寒冬在不知不覺中結束，窗外已是一片春暖花開的景致。遠處傳來樹鶯有些笨拙的啼叫聲，清霞抬起視線，望向外頭帶點灰色的晴朗藍天。

在那起事件——甘水的叛變行動落幕後，至今並沒有經過太久的時間。但足以將身心凍僵的嚴冬氣息，現在卻已經消失得無影無蹤。

「我可不接受喔。」

五道以像是在鬧彆扭的態度叨念。

「我辭職還需要你接受嗎？」

「當然需要啊。因為下一任隊長八成就是我嘛。」

清霞沒有正面回應五道這句話。

每當他思考隊長這個職位時，腦中必定會閃過五道的父親——過去率領對異特務小隊出任務，卻不幸殉職的五道壱斗臨死前的表情。

跟極為兇惡、強大的異形「土蜘蛛」對峙時，因戰敗而殞命的他，在嚥下最後一口氣之前道出的那句話。

『抱歉，得託付給你了——』

壱斗當下的眼神、逐漸失去光芒的雙眼、臉上的傷、短促而微弱的呼吸，以及顫抖的唇瓣和嗓音。

他沒有明說要託付給清霞的東西為何。然而，就算不說，清霞也隨即明白了。對異特務小隊隊長這個身分，正是壹斗要託付給他的東西之一。

因此，一從帝國大學畢業，清霞便馬上參加相當難考取的軍士官考試，踏上他一度放棄的從軍之路。

他理所當然要這麼做。至少，清霞本人是這麼想的。

「我想，現在壹斗先生應該能允許我離開了吧。要是我以半吊子的心情繼續這份工作，感覺反而會被他斥責。」

「……」

察覺五道突然安靜下來後，清霞朝他的方向望去，發現五道瞪大雙眼盯著自己，看似吃驚得說不出半句話。

「怎麼？」

「……因為很久沒聽清哥……啊，不是。因為很久沒聽隊長提起老爸的事，我嚇了一跳。」

「那個暱稱還真令人懷念啊。」

清霞的嘴角不禁上揚幾分。在幾乎已經想不起來的遙遠過去，五道……不，佳斗時常用這個暱稱呼喚他。

兩人剛認識時，五道還十分年幼。隨著年歲增長，五道前往國外留學，因此跟清霞之間其實不曾有過緊密的互動往來。只是，偶爾被壱斗帶在身邊的他，當年是個開朗的少年，總會以閃亮亮的雙眼凝望著清霞，呼喚他一聲「清哥」。

雖然在成年後，跟清霞重逢的五道變得深深憎恨著他就是。

「我原本告誡自己絕對、絕對、絕～對不能這樣叫您呢。唉唉～說來說去，我的內心其實已經接受您辭去隊長一職的事實了嗎？真令人不爽～」

五道噘起嘴唇，以趴倒在桌上的姿勢，懶散地隨意翻著桌面上的文件。

「快起來工作。我轉過去的那個案子，你分配好負責人員了嗎？」

「我還在煩惱呢～」

「趕快搞定它。」

這樣的辦公日常，還會持續多久呢？

清霞不禁陷入沉思。

成為隊長時，他壓根兒沒想過自己會陷入現在這種心境。

既然成為軍人，就要以軍人的身分活著、然後死去。他當初早已做好這樣的覺悟，也從未想像過自己主動辭退軍人一職的可能性。

然而，他深愛的那名女性的出身境遇，卻棘手得讓他無法兼顧丈夫和軍人兩種身分。

她似乎不打算積極發揮自身的異能。

不過，經歷甘水之亂後，清霞徹底明白了。無論她本人意願如何，「夢見異能」依舊是這個世間的人們無法忽略的一種能力。今後想必也一直都是如此。

（沒人能夠保證第二個、第三個甘水不會現身。）

在狀況危急時，比起以軍人的身分採取行動，清霞更希望自己能好好保護美世。他渴望留在她的身邊保護她、支撐她。

對現在的清霞來說，軍人的身分，不過是束縛他的枷鎖。

「……真羨慕您耶，隊長。在家裡的時候，您想必會跟美世小姐做各種事情吧。」

「你還要繼續說這些？」

「因為，要是就這樣接下隊長一職，我肯定無法結婚啊！忙都忙死了！」

五道這麼慘叫，同時瘋狂搔抓自己的頭髮。不過，清霞其實也無法否定他這番話。

剛成為隊長時，不熟悉的工作內容耗掉清霞大半的力氣和時間。忙得不可開交的他，經常得留在值勤所裡頭過夜。

「這就視你的努力而定了。」

「拜託您別用這麼馬虎的態度敷衍我啦！」

就算這麼抗議，但找清霞商量結婚話題，可說是一開始就搞錯人選。雖然不是在自誇，清霞的頑固個性，可是讓他直到二十七歲才找到對象。

「您一定會推倒美世小姐，然後跟她一起睡下吧！這樣的您，怎麼可能明白我的心情呢！」

「喂，不准做奇怪的想像。」

「啊啊，好羨慕！太羨慕了！」

看著幾乎要從座位上起身，忿忿不平地用力踏地板的下屬，清霞嘆了一口氣。

「你給我差不多一點，我沒做那種事。」

「啥？」

聽到清霞的否定，五道以一臉難以置信的表情望向他。

「您沒做嗎？什麼都沒做？」

「沒做。夠了吧，別一直問東問西的，也不准做多餘的想像。」

「隊長，您會不會太窩囊了？」

五道這句挖苦，頓時惹惱了清霞。

他真的太多管閒事了。隨後，五道不可避免地挨了清霞一頓臭罵。

◇◇◇

用過晚餐後，美世和清霞一起雙手合十。

「我吃飽了。」

「我也吃飽了。」

這一年以來，和清霞一起用餐的無數個時光，比任何事物都更讓美世感到安心、平靜。

這時，她突然想起用餐時未能說出口的話語。

「老……老爺。」

「怎麼了？」

葉月白天囑咐的那些事在美世腦中閃過，讓她呼喚清霞的嗓音有幾分不自然。清霞的表情看起來也有些訝異。

（這是姊姊下的詛咒呢。）

儘管明白自己不可能突然就用名字稱呼清霞，美世一瞬間還是陷入迷惘。

為此，她呼喚清霞時，總顯得有些吞吞吐吐。這也讓她猶豫該不該主動和清霞攀談。

「那個……我明天會和姊姊出門一趟。」

為了掩飾自己的怪異行徑，美世匆匆說完這句話。

順帶一提，這不是在說謊，是她原本就打算知會清霞的事情。

「要去哪裡？」

清霞看似有些驚訝地移動視線，接著蹙眉。看到他不如想像中那般友善的反應，美世不禁有些手足無措。

她一瞬間還以為自己可能做了什麼讓清霞不悅的行為，但仔細觀察他的模樣，就能發現他並非在生氣。

美世試著讓心情穩定下來，然後以平靜的嗓音開口。

「有一位塩瀨夫人，打算聘請國外的廚師到自宅舉辦烹飪研習會。她邀請姊姊參加這個活動。」

「噢，塩瀨家啊……那倒無妨。」

清霞看似有些不滿地嘆了一口氣。塩瀨家是和葉月有往來的家系，所以理所當然也是清霞認識的人物吧。他感覺同意了這個外出行程。

他果然只是單純在擔心美世而已。

（希望老爺可以就這樣忽略我呼喚他時不太自然的態度……）

無法直接用名字稱呼清霞，內心也為此糾葛不已——這可不是能對著本人老實說出來的事。

「我應該下午就會回來。我會好好學習，努力做出風味跟以往不同的飯菜給您品嘗。」

「我對妳現在做的飯菜完全沒有不滿就是了。」

說著，清霞以有些複雜的眼神望向美世。

「竟然想跟姊姊一起下廚……妳是認真的嗎？」

清霞的質問，讓美世瞬間語塞。

他的質疑可說是相當中肯。因為葉月極度不擅長烹飪。

不，或許已經超過「不擅長」這三個字足以形容的程度。彷彿是上天不允許葉月下廚，所以從她身上排除了所有和烹飪相關的能力似的。葉月的烹飪水準就是這般慘不忍睹。

美世不曾親眼見識過出自葉月之手的餐點，不過，倒是有稍微看過她的烹飪過程。

剛和葉月相識沒多久時，美世曾聽她說過自己相當不擅長下廚。或許就是在不久之後發生的事吧。

那時，為了指導美世成為淑女所需的教養禮數，葉月時常造訪這個家。到了休息時間，打算準備午餐招待她的美世，基於時節正好是夏季，便拜託葉月幫忙煮麵線。

燒一鍋水，待沸騰之後放入乾燥麵線，再用筷子在鍋中輕輕攪拌，直到煮熟。過程很簡單，應該沒有什麼會導致失敗的要素——美世當時是這麼想的。

她太天真了。

在放入鍋裡之前，麵線看起來沒有任何問題。然而，煮熟後撈起時，它們卻悽慘地化為大量碎屑。

原本就偏細的麵線，碎裂成無數的微小白色顆粒，鑽過篩子的孔洞，直接全數落在流理台水槽裡。這震撼的光景，美世至今仍難以忘懷。

『難……難道……我連個麵線都煮不好嗎……？』

總是開朗活潑的葉月，也為當下的光景目瞪口呆，然後沮喪地垂下雙肩。

麵線不需要太長的烹煮時間。在煮的時候，美世也曾數度過來關心狀況，但葉月並沒有做出什麼多餘的動作。

儘管如此，結果卻這般讓人不忍直視。

在吃驚的同時，美世也感到背脊一陣發冷。因為不管怎麼想，這都不是普通人類能夠引起的現象。

幾乎算得上是一種異能了。

不過，聽說這次的研習會，參加者基本上不太需要親自下廚，頂多就是分擔一部分的食材處理作業而已。

這樣的話，葉月也不用勉強自己做菜了吧。

「那個，因為廚師會一邊示範、一邊說明，如果只是站在一旁見習，我想……應該不會有問題。應……應該。」

雖然對葉月有些過意不去，但美世替她掛保證的語氣，聽來沒什麼自信。

「就算是姊姊，大概也沒有光用視線，就能讓料理失敗的異能吧。」

清霞這句話，讓美世明白把葉月糟糕透頂的烹飪能力視為一種異能的人，原來不只有自己。她莫名感到放心。

話題告一段落後，美世開始收拾晚餐的碗筷。

將用膳桌堆疊起來，把碗筷放在上頭，再把移動到在靠牆處的茶几歸位。接著將用膳桌搬往廚房，燒水準備沖泡餐後茶。

捧起盛著茶杯和茶壺的托盤後，美世返回客廳，發現清霞正在閱讀一疊紙本。

是葉月今天白天拿過來的剪報集。

美世回想起自己就這樣把它擱在櫃子上的事。

「老爺，那是……」

報導中七嘴八舌的討論，恐怕不會讓清霞露出什麼好臉色。美世不禁為了自己沒早點把剪報收進房裡而感到後悔。

不知道清霞會如何看待她吞吞吐吐的反應。

「這些八成是姊姊收集的吧。淨是做些沒用的事……」

不過，他只是隨意翻過，以一臉不感興趣的表情嘆了一口氣。

「對不起，讓您看到這些奇怪的東西。」

「是我擅自拿起來看的，妳不需要道歉。」

語畢，清霞果斷闔上剪報集。他的手指纖長而美麗，大大的手一如習武之人那般結實。即使只是以這樣的雙手闔上剪報集的單純動作，看起來仍優雅無比，在在展現他良好的身家教養。

隨著婚期愈來愈近，美世變得比過去更加注意清霞舉手投足的動作，內心的戀慕也跟著加深。

「比起我，妳沒關係嗎？」

「咦？」

「妳恐怕不習慣成為這種庸俗報導的對象吧。看了這些，會不會讓妳感到不安或不快？」

清霞平靜的眼神中，透露出他對美世的關懷之情。這種情況下，自己的反應或許不太恰當，但美世不禁有點開心。

她微笑著搖搖頭。

「不會。因為報導裡很少提及我的事，只要沒影響到您的心情，我就無所謂。」

在這些報導中，跟美世相關的內容，頂多就是「齋森家出身」、「齋森家被大火吞噬的意外，至今仍讓人記憶猶新」、還有她的年齡。

聽到美世的回答，清霞露出放心的柔和笑容。

「某種程度上，我已經習慣了，所以現在不至於再被這種東西影響心情。更何況——」

至此，清霞突然沉默不語。

以茶壺在杯中注入茶水的美世，因為他的無語而抬起視線，接著瞪大雙眼。

映入眼簾的，是清霞淡粉色的臉頰，以及看似因尷尬而移開的視線。這宛如靦腆的黃花大閨女的羞澀表情，足以令人看得出神。

清霞以形狀迷人的唇瓣囁嚅道：

「不管其他人說了什麼，我都不會在意……只要身邊的人、還有即將成為妻子的妳明白真相就好。」

換作是過去，清霞恐怕不會將這樣的想法坦率化為言語道出。完全沒料到他會這麼說的美世，也整個人愣在原地。

下一刻，她感到視野像是暈眩那樣變得模糊，整個身子也開始發熱。

「啊……這……這樣呀……」

「嗯——喂，茶水滿出來了。」

「呀啊！」

在美世發呆的時候，茶水從杯子裡滿出來，嘩啦啦地湧向托盤。

她連忙放下茶壺，以抹布擦乾溢出來的茶水。

然而，聽著響亮到令人難以置信的心跳聲，美世總覺得眼前一片天旋地轉，雙手的動作也不太穩定。

「喂，妳沒事吧？」

「我……我……我沒事！」

儘管嘴上這麼說，她的心卻遲遲無法鎮定下來。

（我……我的心臟……會……會不會停止跳動呀。）

和清霞共度的時光，明明能夠讓她心情平靜，也令她喜愛不已才對。但偶爾，她會像現在一樣，變得莫名想從現場逃離。

想向任何一個人尋求幫助。

「抹布給我，我來擦。」

「不，我來就好了！」

或許是看不下去美世手足無措的樣子了吧，清霞試圖搶走她手中的抹布。然而，美世可無法讓即將成為自己丈夫的人做這種雜務。

她將抓著抹布的手迅速伸向後方。為了搶走那條抹布，清霞探出上半身，整個人貼近美世。

「嗚……呀！」

她發出滑稽的驚叫聲。

因為動作過大，美世的身子往後倒，清霞連忙伸出手摟住她的背——兩人就這樣陷入彷彿是清霞擁美世入懷、又像是將她推倒在地的詭異姿勢。

臉好靠近。身體也好靠近……應該說，兩人幾乎是完全貼在一起的狀態。

『隨著婚禮舉辦的日子愈來愈近，住在同一個屋簷下的你們，會不會有無法按捺心中情意的時候呢？』

『事到如今，可不能再用「說這種話不知羞恥」來逃避嘍。好啦，到底怎麼樣？你們差不多該把棉被鋪在一起睡了吧？』

大姑的詛咒再次在美世腦中迴盪，但她現在連深入思考這種事的餘力都沒有。

「老……爺……」

「妳這樣的……」

清霞無視美世沒有意義的輕喚，緩緩將臉靠近她。

「也該嘗試改掉了吧？」

即使大腦已經沸騰到無法運作的狀態，美世也能明白他這句話，和葉月先前的叮囑有著相同含意。

美世屏息，就這樣忘記呼吸。

「啊……那個……我……我……」

清霞輕輕讓美世躺倒在榻榻米上，自己則是撐在她的上方，俯瞰著這樣的她。

宛如細絹的一頭直長髮，從清霞肩頭傾瀉而下，在兩人之間落下陰影。他以有些動搖、同時又透出些微熱度的一雙眸子凝望著美世。

「妳能像之前那樣叫我的名字嗎？」

雖然呼吸並不急促，但兩人似乎都將所有的神經專注在彼此細微的呼吸聲上。

她茫然地仰望未婚夫秀麗的臉蛋，心跳聲劇烈到震耳欲聾。

不知道這樣互相凝望多久之後。

既不是因為悲傷，也不是因為開心。不知為何，美世的視野開始變得濕潤而模糊。

「老爺……我……」

「美世？」

她不自覺地吐出一口熾熱氣息後，積累在眼眶裡的淚水溢出，沿著太陽穴滑落。

剎那間，清霞像是被澆了一桶冷水那樣瞪大雙眼。

他露出不知該說是悲痛或絕望的表情，狼狽地和美世拉開距離。

「抱歉，是我不好。」

「不……會。」

一反平日的作風，清霞火速說完道歉的字句。就連美世都感覺得出來，現在的他有失冷靜。

美世緩緩起身，以手拭去溢出的淚水。

「美世，是我不好……我有些太心急了。」

不對，清霞沒有做錯什麼，她只是嚇到了而已。

葉月今天白天的各種諄諄教誨讓美世感到困惑，神經也變得比較敏感。在這種狀態下，又意外聽到清霞本人提出以名字稱呼他的要求，讓她徹底陷入混亂。

（為什麼？我明明一點都不討厭被老爺碰觸呀。）

應該說，這反而讓她很開心。

美世不可能拒絕清霞，也不願拒絕他。她深愛著他，所以覺得能夠和他更進一步拉近距離、感受彼此的體溫，是一件極為幸福的事。

但此刻，她卻無力阻止不斷從眼角滑落的溫熱淚水。

「對不起，老爺，對不起。」

她的反應想必傷害了清霞。剛才那樣落淚，或許讓清霞以為美世相當排斥以名字稱呼他，以及被他碰觸一事。

儘管想好好說明，她卻擠不出半句話，只有淚珠仍不停往下掉。

說不出話的美世以雙手掩面。隨後，她感覺清霞戰戰兢兢地靠近自己身旁。

「抱歉，妳不需要跟我道歉。沒關係的，妳不用名字叫我也無妨。剛才那全都是我的錯。」

這毫無霸氣、畏畏縮縮的嗓音，聽起來一點都不像清霞。

想到是自己讓他以這種嗓音開口，美世便羞愧得難以忍受。

該怎麼做，才能化解清霞的誤會？該說些什麼，才能讓他明白自己並非排斥這些事情？

愧疚、羞恥，以及亂成一團的思緒不停折磨著美世，她流著眼淚從原地站起來。

「美世？」

清霞以不安的表情抬頭望向她。美世不願讓他窺見自己難堪的表情，於是垂下頭，以和服衣袖遮掩自己的臉龐，同時轉過身去。

「我……我很喜……喜歡老爺……」

她鼓起所有勇氣拋下這句話，然後快步離開客廳，直接朝廚房走去。

這晚，美世勉強做完了今天的家務，卻因為無法面對清霞而一夜無法成眠。

翌日，是個不太湊巧的陰天。

春日暖陽被灰色的厚重雲層遮蔽，迎面吹來的風，也帶著幾分冰冷潮濕的感覺。

「美世妹妹，妳真的、真的不要緊嗎？」

「是的……」

聽到坐在身旁的葉月以比平常更擔心的語氣這麼詢問，美世只能慢吞吞地點頭回應。

此刻，為了前往塩瀨家參加烹飪研習會的兩人，正坐在久堂家的私家轎車上移動。

昨晚發生的事情，讓美世徹夜未眠。到了早上，因為尷尬氛圍依舊存在，她只跟清霞做了最基本的交談，甚至連跟他對上視線都做不到。

早上照鏡子時，美世發現自己的臉因為哭泣而浮腫，再加上睡眠不足，氣色看起來相當差。

從葉月擔心的態度看來，或許化妝也無法掩飾這張臉的疲憊神情吧。

更何況，自己跟清霞之間的問題完全沒有解決。

「那個，我想確認一下，這應該不是妳的異能導致的吧？」

「是的，這跟異能完全無關。」

「太好了。這樣的話，就是跟清霞有關嘍！」

葉月拍了一下手，刻意以開朗的嗓音這麼回應。

的確是跟清霞有關的事情沒錯，不過，並不是什麼值得讓葉月歡欣鼓舞的事。說得正確點，原本或許會發生讓她歡欣鼓舞的事，是美世搞砸了一切。

來自這一切的重壓，讓美世不由得嘆氣。這口氣實在嘆得太沉重，似乎察覺到什麼的葉月，將兩道柳眉彎成八字狀開口：

「呃……那個啊，美世妹妹。就是……嗯……我不是要幫那個蠢弟弟說話，不過，雖然已經二十八歲了，那孩子還是有很多不習慣的事情呢，各方面都……」

「……」

「所以，要是他有什麼地方做不好，希望妳能睜一隻眼、閉一隻眼喔～可以不要太生他的氣嗎？」

聽到葉月有些會錯意的辯解，美世搖搖頭。

「不是的，老爺沒有做錯什麼。全都是我不好。」

大喜之日將近的兩人，原本是那麼的幸福，卻從昨晚開始變得無法自在相處。這讓美世感到相當煎熬，同時也後悔不已。

「……因為我哭出來了。」

聽到美世這麼坦承，葉月溫柔地握住她的手。

「清霞他……做了什麼讓妳討厭的事嗎？」

「不，我絕對不可能討厭老爺。只是，不知道為什麼，我的腦袋跟內心都被某種情緒填得滿滿的。」

回過神來的時候，眼淚已奪眶而出，不受控制的情感就這樣無止盡地滿溢出來。看到美世垂下頭，葉月輕輕環抱住她的肩膀。她帶來的溫暖，讓美世緊繃的身子稍微放鬆力道。

「我明白的。在結婚前，喜悅、希望、不安和緊張的情緒，都會一口氣湧上心頭呢。如果是跟心儀對象結婚，這種情況會變得更嚴重。我昨天不應該像那樣下指導棋的，對不起。」

「這不是您的錯！」

「不，因為妳有妳自己的步調呀。我不該催促妳，慢慢來也無妨喲。畢竟兩人的關係，不可能從結婚當天就馬上轉變，想從現在就改變，更是不可能的事情嘛。」

葉月沉穩的嗓音，宛如甘霖那樣滋潤美世乾枯的內心。

「我想，清霞或許多少也有些焦急吧。不過，發現自己把妳弄哭的話，他現在一定巴不得在地上挖一個很深的洞，然後鑽進去深刻反省呢。」

「挖一個很深的洞鑽進去……」

美世不禁想像起清霞整個人埋進地面的光景。因為實在太奇特又滑稽，她差點噗嗤笑出聲。

葉月露出瞇起雙眼的慈愛表情。

「妳不需要苦惱自己是不是傷害了清霞。儘管是個大木頭，但他多少能明白妳為各種難以解釋的情感困擾一事。大家都沒有錯。所以，妳不要太自責喲。」

「……是。」

「那麼，等一下就來好好轉換心情吧！今天參加這場研習會的人不多，妳可以放心。不需要過度繃緊神經，只要記得臉上保持笑容就好。」

被葉月以活潑笑聲鼓舞後，美世的心情終於也開朗了一些。

就像她所說的，先把跟清霞的問題擱置一旁，專心參與這場研習會吧。難得有這樣的機會，不能白白浪費。

兩人所抵達的塩瀨家是兩層樓高的西式建築。以白色外牆、深灰色屋頂、拱形窗和陽台為外觀特徵，造型相當可愛。

儘管建築物本身不如久堂家主宅邸那般氣派，但有一片寬廣的庭園，確實很符合富裕名門的水準。

載著葉月和美世的轎車從塩瀨家正門駛入內部，停靠在玄關旁邊。

「來，我們到嘍。」

待司機打開車門，葉月意氣風發地步下車，美世也跟著走下來。

「歡迎兩位大駕光臨。」

出來迎接她們的，是身穿一襲給人沉穩印象的淺褐色洋裝、有著高雅氣質和豐腴體態的老婦人。她想必就是塩瀨夫人了。

「午安，塩瀨太太。有一陣子沒見了呢。今天承蒙您邀請，真的非常感激。」

看到葉月謙虛有禮地低頭問候，塩瀨夫人露出溫和笑容朝她點點頭。

「妳能來參加，我才要跟妳說謝謝呢。能見到妳真開心，葉月小姐。」

語畢，塩瀨夫人望向美世。

「葉月小姐，能替我介紹一下這邊這位可愛的小姐嗎？」

「是，這位是馬上要成為我弟媳的齋森美世小姐。為了讓她轉換一下心情，我今天邀請她一同來參加。」

在葉月介紹下，美世往前邁出一步，緩緩朝塩瀨夫人低頭致意。

「您好，我叫做齋森美世。今天還勞煩您多多關照。」

「哎呀，真是有禮貌。我是塩瀨，也請妳多多指教喲。」

看到塩瀨夫人滿面笑容地回應自己，美世輕輕吐出一口氣，帶著淺淺笑容抬起頭來。

雖然事前就聽葉月說她是一名溫和的老婦人，但在實際見到面之前，美世其實一直都很緊張。

「那麼，我馬上帶兩位到我們家的廚房。」

在塩瀨夫人的帶領下，美世等人從玄關踏進宅邸內部。

這棟建築物的內部裝潢，跟外觀給人的印象相去不遠。不是富麗堂皇，而是比較偏向可愛的風格，讓人有種心情雀躍的感覺。

走向廚房的途中，塩瀨夫人和葉月稍微閒聊了一下。

「葉月小姐、美世小姐，妳們看起來感情很好呢，真不錯。」

「的確是這樣呢。對吧，美世妹妹？」

「是的，姊姊平日就對我呵護有加。」

聽到美世一本正經的回應，塩瀨夫人露出看起來相當開心的笑容。

「好羨慕呀。婆家親戚跟新娘子感情融洽，是一件好事呢。對了，葉月小姐，芙由小姐最近別來無恙吧？」

「是的。應該說她真的太有精神了，每次見面，總是讓我傷透腦筋呢。」

「呵呵呵，她還是老樣子呀。」

據說，塩瀨家過去也是異能者輩出的名門世家。

但現在，塩瀨家的異能者人數銳減，他們的家族也漸漸不再參與異能相關事務，只剩下塩瀨夫人的一名孫子，目前仍以異能者的身分修行當中。

從這方面來看，兩家秉持的觀點或許不同，但塩瀨家的立場感覺跟齋森家有幾分相似。

儘管如此，塩瀨家仍是自古以來代代承襲異能、跟久堂家也維持著良好關係的家世。

「妳應該已經聽說了，今天的研習會不算大規模。除了妳們之外，我只另外邀請了七位年輕太太和小姐。」

「呵呵，這樣的話，說不定我是最年長的參加者？」

聽到葉月半開玩笑地這麼說，塩瀨夫人愉悅地笑著以「這麼說倒也是喲」回應。

每位參加者年紀都比葉月小的話，感覺就真的是一場屬於年輕女性的研習會。這樣一來，或許美世也能順利跟眾人打成一片。

託人將行李拿去其他房間寄放後，美世和葉月踏進廚房。

塩瀬家的廚房和美世認知中的廚房截然不同。

最新型瓦斯爐、感覺什麼食材都放得進去的巨大烤箱、泛著金色光澤的黃銅自來水龍頭，以及鋪滿美觀磁磚的牆壁和地板。而廚房本身，也有著約莫能容納十來人的寬敞空間。

廚房裡可見五位身穿西式或日式圍裙的年輕女子，正有說有笑地等待研習會開始。

「哎呀？」

其中一名女子停止交談，望向走進廚房的葉月和美世。其他人也順著她的視線看過來。

「塩瀬夫人，難道這兩位就是……」

聽到女子的提問，塩瀬夫人面帶笑容地點點頭。

「是的。我依序為大家介紹——這兩位是久堂葉月小姐和齋森美世小姐。」

美世和葉月一起輕輕向眾人低頭致意，接著，夫人也讓在場的五名女子一一對她們做自我介紹。

這五名女子都散發出與塩瀬夫人相似的沉穩、柔和氣質，讓美世緊張的情緒得以稍稍緩和下來。

然而，在夫人為了招待擔任研習會講師的廚師而離開廚房後，這五名女子隨即將美世團團包圍住。

「齋森小姐，您馬上就要結婚了對不對？恭喜您！」

「是……是的，謝謝您。」

「您是要跟久堂清霞大人成婚對吧？真好～感覺很令人嚮往。」

「真的是很值得恭喜的事情呢。現在到處都在討論這個話題，說兩位必定會舉辦一場盛大又動人的結婚典禮。」

「謝……謝謝您……」

看到女子們逼近，以興奮語氣朝自己搭話，美世有些不知所措。

不過，不愧是出身良好的女性。她們的說話語氣既不粗魯、也不帶半點挖苦意味，只讓人感覺到純粹的好奇心。

「聽說今天有機會見到您，我們所有人都很期待呢。」

「還請您多和我們說些話喲。我之後要跟朋友炫耀一下。」

「好的。」

美世有些茫然地點點頭。光是這樣，其他女子們便開心得不得了。

聽到她們如此坦率的祝福，美世開始覺得理應幸福洋溢、卻還是不禁陷入煩惱的自己，實在是太奢侈了，甚至像個傻子。

實際上，現在的她確實沉浸於人生至今最幸福的時刻當中。儘管還是會煩惱、會感到困惑，但並沒有跟清霞吵架或鬧得不愉快。

「謝謝大家溫暖的祝福，我真的很開心。」

美世環顧和自己搭話的眾人，恭謙地輕輕一鞠躬，帶著微笑向她們道謝。

「哎呀……」

看著這樣的她，女子們不禁出聲感嘆。

「這是值得恭喜的事情呀，所以祝福您也是理所當然的。對不對，各位？」

「是的，您說的沒錯。」

「那當然嘍，美世小姐真是注重禮數呢。」

看來，這些女子似乎對美世留下了很好的印象，現場的氣氛一下子變得柔和起來。

之後，葉月也加入對話，美世就這樣跟大家閒聊了片刻。

而聊天的話題，果然還是脫不了人際關係、家事、興趣等和各自家庭相關的內容。對美世倍感興趣的女子們，雖然動輒就把話題帶到她身上，但她並沒有因此感到不快，也很開心地一一回應她們。

隨後，比美世和葉月晚到的一位參加者也抵達塩瀨家，研習會開始的時間愈來愈近。

在塩瀨夫人表示差不多該請廚師進來廚房時，最後一位參加者才姍姍來遲。

「我遲到了，真的很抱歉。」

趕在最後一刻踏進廚房的女子，身穿一襲沉穩色系、上頭重複的印染圖樣十分細緻的單色小紋和服，纖瘦身子散發出一股弱不禁風的感覺。略微下垂的眉尾，更讓她看起來楚楚可憐。

「不會，您並沒有超過約定的時間，所以請不用這麼愧疚喲——各位，這位是長場君緒小姐。」

「我是長場。非常抱歉，讓各位等我。今天請多多指教。」

這名女子——君緒縮著身子低頭致歉。看到她這樣的態度，反倒讓人過意不去了。

不過，比起這件事，有一點讓美世更在意。

（君緒小姐……我是不是在哪裡聽過這個名字？）

君緒的名字，在她的大腦深處、遙遠的記憶之中若隱若現。

美世的交友範圍並不廣。再加上從過去就鮮少與人深入往來，所以她無法確定君緒是自己認識的人、又或者只是從報章雜誌上看過她的名字。

「美世妹妹，妳怎麼了？」

或許是察覺到美世困惑的反應了吧，葉月附在她耳邊輕聲這麼問。

「啊，沒有，不是什麼重要的事。」

「這樣呀。」

儘管莫名在意，但這多半只是自己的錯覺，不是需要跟葉月商量的問題。而葉月也沒有繼續追問，現場隨即換了個話題。

到了約好的時間，參加者們齊聚一堂，研習會也終於開始。

被塩瀨夫人領著走進廚房的，是一名身型高壯、蓄著濃密鬍鬚的男性外國廚師。看在美世眼裡，這樣的人物十分罕見。

他身穿雙排釦設計的潔白廚師服，頭上則戴著同樣潔白的廚師長帽。初次目睹做這種打扮的廚師，讓美世忍不住直直盯著對方看。

根據一旁的葉月說法，外國廚師似乎都是做這種打扮。

更令她吃驚的是——

（原來是塩瀨夫人幫忙翻譯嗎？）

這位廚師出身歐洲，不會說帝國語言。但塩瀨夫人卻能確實理解他的發言，再翻譯給在場的其他女性聽。

而她自己也能說出和廚師同樣流暢的異國語言，對話起來完全沒問題。

（好厲害呀……）

這讓光是打招呼，就必須使盡渾身解數的美世打從心底感到佩服。

「那麼，今天有請傑洛姆主廚來這裡傳授幾道正統的料理。現在就請他為我們示範吧。」

在塩瀨夫人指示下，廚師開始進行料理教學。

接下來，美世有好一段時間都看得目瞪口呆。

首先，光是廚師——傑洛姆的刀工，就跟美世認知中的完全不一樣。而他使用的食材以及處理的方式，也讓美世感到相當陌生。

圓滾滾的高麗菜、鮮綠色的蘆筍、歐芹和洋蔥，在廚師的巧手下陸陸續續改變樣貌。

將大量的雞蛋和白色奶油醬汁倒在派皮上，再加入蔬菜、培根和起司烘烤而成的鹹派。

以鹽巴和香料調味，慢火燉熬煮蔬菜和肉類而成的法式蔬菜燉肉。將蕎麥粉調製而成的麵糊煎成薄薄的麵皮，以它包裹各種餡料後享用的法式鹹味可麗餅。

每道料理都散發出熱騰騰而相當可口的香氣。

為了對外國料理不甚熟悉的美世等人，廚師這次似乎刻意選擇了作法比較簡單的幾道菜色來示範。

美世和其他參加者，全都聚精會神地觀察廚師雙手的動作，並勤奮地將做菜步驟抄寫在小筆記本上。

在烹飪過程中，若是有人遇到不明白的地方，塩瀨夫人都會一一詳盡說明，大家的筆記本因此變得密密麻麻。

「看起來很美味呢。」

「就是呀～如果我也能好好下廚的話……真是不甘心。」

聽到美世的輕喃，一旁的葉月出聲表示惋惜。

雖說廚師這次指導大家做的菜色其實不算難，但對於連麵線都煮不好的葉月來說，恐怕還是不可能的任務吧。

（我得連同姊姊的份認真學習。）

美世下定決心要好好學會今天的菜色，讓清霞和葉月吃得開心。

「那麼，現在請各位稍微試吃看看吧。」

廚師將自己示範的菜色各取一些盛在盤子裡，以吃了不會過度飽足的份量提供給所有參加者品嘗。

試吃之後，美世發現這是自己至今不曾嘗過，神祕、罕見、卻也美味至極的滋味。包含她和葉月在內，所有參加者都被這樣的美味感動到說不出話。

除了餐點之外，在這段能放鬆試吃和休息的時間，塩瀨夫人還替大家準備了紅茶。眾人見狀，紛紛輕聲歡呼起來。看來，在這群女性之間，塩瀨夫人的紅茶似乎大受好評。

（能收到大家的祝福，我覺得很開心，但也實在有點累了呢……）

以美世為主角的提問時間告一段落後，葉月、夫人和其他幾名女性開始有說有笑地閒聊起來。終於得以喘口氣的美世，則是獨自在靠牆處的一張椅子上坐下。

昨晚睡眠不足，讓她感到身子有些沉重；一直處於被眾多人聲包圍的狀態下，也會消耗不少精神。

（這款紅茶真的好美味啊，而且跟料理也很搭。）

美世品嘗著香氣迷人的紅茶和異國料理，以茫然表情休息片刻後，長場君緒朝她身旁的椅子走近。

「請問……我能坐在您旁邊嗎？」

「您請坐。」

看到美世表示同意，臉上浮現安心神色的君緒以「謝謝您」回應，然後在美世身邊坐下。

她是不是找我有什麼事呢。

美世再次開始在腦中尋找君緒的身影。

不過，在她嘗試挖掘大腦深處的記憶前，君緒便主動道出能導向答案的線索。

「您是……齋森美世小姐……對嗎？」

「是的，我就是。」

面對君緒有些突然的提問，美世肯定地回答，於是君緒的表情一下子變得開朗起來。

「果然是這樣！那個，您還記得我嗎？我在結婚後改姓長場，但舊姓其實是本江。」

「本江……君緒小姐？」

「是的。」

答案感覺呼之欲出，卻又遲遲未能清晰浮現。

從君緒的說法聽來，她或許是美世過去認識的人。

要說自己有機會認識他人的時期，就只有還能自由出入齋森家——也就是念尋常小學的時候。

（小學？）

至此，答案終於從美世腦中閃過。對了，的確有一名叫做本江的少女，和自己坐在同一間教室裡。

「難道……您是我的小學同學嗎？」

「是的，沒錯！沒想到會在這裡遇見您呢。」

原本看起來文靜又瘦弱的君緒，此刻欣喜地拍響掌心。

不可思議的是，一旦想起對方是誰，相關的回憶便陸陸續續被喚醒。

年幼君緒的身影也出現在這些回憶之中。

「真的好久不見了！因為您現在成了一位亭亭玉立的淑女，我一開始認出您時，還不太有自信呢。幸好的確是您本人！」

「好久不見。不管是以前或現在，您都一樣文靜成熟，非常迷人呢。」

「謝謝您。」

君緒露出打從心底感到開心的笑容。

老實說，美世跟君緒並沒有什麼交情。

過去，因為在家中和繼母、繼妹的關係惡劣，美世過得很辛苦，在學校也有些缺乏活力，導致沒能交到稱得上是朋友的朋友。

另一方面，個性同樣文靜的君緒，行為舉止也比其他同年齡的孩子更成熟一些。在美世印象中，她不是個會到處交朋友的孩子。

換句話說，這兩人在教室裡基本上都是孤獨一人，彼此之間沒有什麼交流。

不過，正因為在學校裡的處境類似，才讓她們在過了將近十年的時間後，還能憶起對方的存在。

（對過去的我來說，班上那些活潑的孩子，有如另一個遙遠世界的存在……就算告訴我名字，我或許也想不起來呢。）

能夠自由外出，有時就會聯繫起這樣的緣分——初次體會到這一點的美世，不禁感慨萬千。她稍微回想起自己的孩提時代。

「我呀，一陣子之前就已經聽說過您的事了。」

君緒輕聲這麼開口。

「啊……是關於我結婚的消息嗎？」

「是的，我從報紙上的報導看到久堂先生即將結婚的話題。因為上頭寫著他的結婚對象是齋森小姐，我就想說『難道是以前和我同班的那位齋森小姐？』這樣。」

「原來如此……本江小姐……不對，君緒小姐，您是什麼時候結婚的？」

聽到美世這麼問，君緒笑著以「兩年前」回應她。

「從女校畢業後，我馬上就結婚了。不過，對象是我還在念書時，就透過相親認識的。」

不同於先前亢奮的神情，君緒以看似有些淒涼的表情移開視線。這讓美世回想起她剛踏進廚房時那副惶恐的模樣。

她散發出幾分疲憊的感覺。

「問您這種問題或許很失禮，不過……」

君緒以這句話為前提繼續往下說。

「齋森小姐，您會不會過得很辛苦呢？因為……久堂先生的傳聞不是不太好嗎？雖然有許多富家千金傾心於他，但聽說也有不少女性為他落淚呢。」

美世一下子不知該怎麼回答。

前半段的問題，她可以馬上給予否定的答案。跟清霞締結婚約後，她確實遇上了重重困難，但真要說起來，這些困難的原因都在於美世本人。倘若自己的結婚對象不是清霞，她想必無法跨越這些難關。

不過，關於後半段……

清霞在外的傳聞的確不太好。曾有眾多名門千金為他傷心落淚，恐怕也是不爭的事實。

葉月曾說過，有一半的傳聞其實是人們刻意散布的，但反過來說，就代表另一半的傳聞是事實。

「不，老爺他……對我非常好。」

斟酌過用字遣詞的美世這麼回答後，君緒吃驚地瞪大雙眼。

「這樣呀？他沒有對您說很難聽的話、或是做出很過分的行為嗎？」

「沒有。老爺是個很溫柔的人，所以完全沒對我做過這種事。」

打從相遇至今，美世從不曾認為清霞是一如傳聞那般冷酷的人。她帶著不自覺流露出來的笑容回應君緒。

下一刻，她感覺君緒的眼神似乎變得黯淡幾分。

「您一定被他深愛著吧……真令人羨慕。」

「君緒小姐？」

「那個啊，其實我知道一種專門用來祝福新婚夫妻的咒語喔。」

君緒不太對勁的模樣只維持了一瞬間。她隨即以開朗的表情這麼開口。

「咒語？」

當然，美世也知道咒語這種東西。在她的認知當中，這主要是在女性之間流行的作法。

不過，畢竟她沒有實際接觸過，所以就算聽到君緒這麼說，也沒什麼概念。

看到美世的反應，君緒以快活嗓音為她說明這個「咒語」。

「是的。大家私底下都在謠傳，有這個咒語加持的話，就能讓新婚夫妻變得幸福，讓兩人事事順遂、相處融洽。」

「哦……」

「該說是能讓一切雨過天晴嗎……我結婚時也用了這個咒語，後來真的發展得很順利呢。我現在偷偷分享給您吧。您只要聽我說一段故事就好。」

「聽您說一段故事？」

「是的。我現在要說的——是類似民間傳說或童話故事的東西，光是聽了這個故事，好運就會降臨喔。」

真的有這麼好用的咒語嗎——儘管美世有些存疑，但既然只是聽對方說故事就好，拒絕似乎也有些不近人情。

（只是聽她說故事的話……）

咒語似乎也算是一種術法——亦即咒術。

然而，並非所有咒語都是如此。反而應該說大部分的咒語，其實都沒有咒術方面的意涵，純粹像是一種扮家家酒的儀式。

過去指導美世異能和術法的表哥薄刃新是這麼說的。

「您願意聽嗎？」

「好的，麻煩您了。」

最重要的是，美世不願辜負君緒替她擔心，也為兩人的重逢感到欣喜的心意。

聽到美世的回應，君緒喜孜孜地開始說起故事。

「很久很久以前，在某個地方，有一位惡名昭彰的領主大人。」

這個故事很簡短。

蠻橫、殘暴、沒有半個優點、被所有人唾棄的領主大人，某天看到了一名美若天仙的公主。

無論如何都想得到這名公主的領主大人，強行將她擄走，納為自己的妻子。

想當然爾，公主每晚都泣訴著想要回家。不知該如何是好的領主大人……最後決定殺害公主的雙親、燒毀她娘家的宅邸，讓公主變得無家可歸。

「……呃，這個故事……該怎麼說才好……」

儘管君緒的故事才說到一半，美世仍忍不住這麼打岔。

作為說給新婚夫妻聽的故事，這樣的內容似乎不太美滿。至少，聽起來壓根兒不是什麼能導向幸福的發展。

君緒苦笑著表示「的確會這麼覺得呢」。

「不過，這單純是個咒語罷了。」

說著，君緒繼續道出後半段故事。

——領主大人企圖殺害公主雙親一事，在事前被公主得知了。

公主表示「倘若您殺害我的父母、燒毀我的娘家，我會選擇走上絕路」，以暗示自己會自殺的方式來說服領主大人。

領主大人怎麼也不願意讓公主死去，因此隨即中止這樣的計畫，也撤回相關命令。公主懇求領主大人不要再做出這種行為，希望他能試著理解他人內心的傷痛。領主大人因此洗心革面，成為好好治理領地的賢君。

而公主也在這樣的領主大人身旁持續支持他。

「可喜可賀、可喜可賀。」

聽到君緒的結語，美世只能回以複雜的表情。

（這個故事一點都不可喜可賀呀……）

直到最後，故事一開始給人的負面印象都未曾改變。不管怎麼想，都是在未能朝佳境發展的情況下結束。

真要說的話，原本因蠻橫領主的苛政，而過得水深火熱的人民，最後或許是獲得救贖了吧；但公主卻永遠無法得到幸福，因為，她只能繼續跟一度打算殺死自己雙親的男人，以夫妻的形式共同生活下去。

美世感覺胸口閃過一種近似於痛楚的麻痺感。

「那位公主太可憐了。」

「……是的，其實我也這麼覺得。」

君緒對美世的輕喃表示同意。

雖然以可喜可賀為故事做結尾，但君緒似乎也懷抱著跟美世相同的想法。

「很討厭對吧？畢竟人不會這麼輕易就改變啊。原本蠻橫、殘暴的領主大人，本性想必也沒有任何改變。公主這輩子，恐怕都必須戰戰兢兢地陪在這樣的領主大人身邊。想到這一點……」

說著，君緒垂下眼簾。不知是不是光線角度的問題，她的氣色看起來很差。

美世手中的茶杯失去先前的溫熱觸感，裡頭的紅茶也冷掉了。

（不過，這種事在現實生活中可能不斷上演呢。）

倘若清霞真是傳聞中那般冷酷的人物，美世不曉得會變成什麼樣子。說不定根本不可能活到現在。

「對不起，跟您說這種詭異的故事，結果讓氣氛變得不太好呢。實際說出口之後，我才發現這個故事比想像中更令人不舒服。」

「請您別放在心上，有時就是會發生這種事。」

美世這般安慰很愧疚似地縮起脖子的君緒。

不過，對美世來說，能跟過去的同班同學隨意閒聊咒語之類的話題，仍令她開心不已。

彷彿找回了孩提時代未能跟友人共度的時光。

「我很開心能跟您聊天。」

「這……這樣啊？」

「是的。畢竟，在念小學的時候，我都沒機會像這樣跟別人談天說地……」

那時，美世活在相當狹小又封閉的世界裡。年幼的她沒有餘力、也沒有自由，光是要保護自己，便已經竭盡一切所能。

跟這樣的過去相比，美世確實感受到自己現在的轉變，也為此十分欣喜。

「其實，我從以前就很想跟您說說話呢。能跟您重逢、還能像這樣聊天，好像在作夢一樣。」

就在這時，人在一段距離外的塩瀨夫人剛好開口呼喚君緒。君緒以「是」回應了一聲，同時從椅子上起身。

「那麼，我先失陪了。」

兩人的對話乾脆俐落地結束，美世輕輕吐出一口氣。

跟君緒聊天的這段時間雖然不長，卻很充實。美世沒料到自己會和過去的同學重逢，因此總覺得有幾分不可思議。

就像君緒所說的，有種宛如置身夢境的感覺。

（小學同學……大家想必都已經成為出色的成年人了吧。）

那自己又如何呢？恐怕算不上出色吧。因為，美世至今仍總是被自己的情感耍得團團轉，無法確實控制它。

「美世妹妹。」

「姊姊。」

看似跟其他女性交流完畢的葉月朝美世走近。

「她們說接下來要開始實作了呢。加油嘍，美世妹妹。」

「好的，我會努力。」

這個挑戰異國料理的機會，讓美世心中滿是期待。光是想到或許能讓清霞吃得開心，她就覺得幹勁不斷湧現。

（老爺，請您等我喔。）

她絕對要挽回昨晚的失態。為此，可得學會新的菜色再回家。

「妳好有精神呀……對了，妳剛剛是不是跟長場小姐聊了好一段時間？」

看到葉月帶著有些訝異的表情這麼問，美世輕輕搖搖手。

「我們其實沒聊什麼，是因為……君緒小姐是我以前的同班同學呢。」

「哎呀，這樣嗎？小學的同班同學？」

「是的。」

美世回以肯定後，原本一臉吃驚的葉月，雙眼閃閃發光地表示「這真是太好了」。

「怎麼樣？跟以前的同學聊天還開心嗎？」

「是的！總覺得很新鮮。」

這讓美世又多了一個嶄新的體驗，湧現了嶄新的情感。

倘若她一直待在齋森家，也完全沒有改變的話，或許一輩子都不會明白這些感受吧。

開始實作菜色後，美世隨即變得相當專注。

她原本就很喜歡吸收新知，如果又是她平日就會主動鑽研的下廚這塊領域，就更不用說了。

「齋森小姐，感覺您很習慣做菜呢。」

「您的動作看起來好熟練呀，真厲害。」

聽到其他參加研習會的女性七嘴八舌地誇獎自己，雖然讓美世有些害羞，但也讓她明白此刻的自己，看起來想必相當有活力。

另一方面，因為顧忌自己毀滅性的烹飪能力，堅持不參加實作的葉月，最後還是拗不過其他女性的邀請，決定展現自己的手藝——

「呀啊！」

沒過多久，她隨即高聲尖叫起來。

「糟糕！食材都碎掉了！」

「烤箱在冒煙呢！」

「鹹味可麗餅的餅皮全都化為粉末了……」

女性們陸陸續續發出驚慌和悲嘆的叫聲。

「對不起！唉唉，真是的，我果然不應該出手呢。」

葉月賠罪和懊悔的發言也在同時傳入美世耳裡。

在葉月決定加入實作後，便提心吊膽地在一旁觀看的美世，面對眼前這片不出所料的混亂，也只能苦笑以對。

◇◇◇

夜晚——這個時節，想在日落後拉開通往簷廊的拉門賞月，似乎還嫌太冷了一些。

洗完澡的美世，在睡衣上頭披了一件輕薄的羽織外套，將拉門拉開一道縫，仰望外頭的夜空。

為了不讓剛泡過澡的溫熱身子著涼，她原本只打算在這裡停留一下子。

月亮透著皎潔的光芒，無數的點點繁星不停閃爍。美世重新體會到，原來春天的夜空也是這般美不勝收。

「美世。」

聽到這聲輕喚，美世轉頭，發現清霞靜靜站在她的後方。

他臉上帶著算不上憂鬱，但透露出幾分不安的神情，想必是因為昨晚那件事吧。

方才吃晚餐時，兩人也陷入持續窺探彼此臉色的狀態，沒能好好說上幾句話。

為了避免昨天那種情況再次上演，在晚餐前後，美世或許都不自覺避開了跟清霞交流的機會。

「老爺……昨天……」

她該向清霞道歉、還是解釋？

看到美世的視線在半空中游移的反應，清霞朝她走來，在兩人伸手就能觸及彼此的距離停下腳步。

「我相信妳說的話。」

「咦？」

這句唐突的發言，讓美世抬起頭仰望清霞的臉。清霞的雙眼正直直俯瞰著她。

「妳……說過妳喜歡我……對吧？」

「是……是的……」

被他這麼當面確認，已經不是「難為情」三個字足以形容的事了。

昨天，因為一時衝動，美世脫口說出相當不得了的發言。這讓她現在好想雙手掩面，整個人蹲下來縮成一團。

不知道是不是錯覺，清霞看起來也有點害臊。他將視線移往一旁繼續往下說：

「所以，那個……我想跟妳說，我都明白……妳的心意確實有傳達給我。」

美世不知道該說什麼來回應他。

雖然昨天脫口說出那種令人難為情的告白台詞，但既然有順利傳達給清霞，就沒有比這個更令人開心的事了。

「老……老爺……」

不知為何，美世遲遲無法好好開口說話。她的心跳急促到胸口隱隱作痛的程度。

「我能牽妳的手嗎？」

「咦……」

在美世還無法以「好的」或「不可以」回答時，清霞已經緩緩伸出雙手，將她的雙手牽起。

這個瞬間，美世的喉嚨、舌頭和嘴唇，突然擅自動了起來。

「騙……騙人……的。」

——自己到底想說什麼？

完全無法理解現況的美世，覺得彷彿有另一股力量在驅使自己的身體動作。

「什麼騙人？」

「我……我說……喜歡……老……老爺……是……」

清霞的雙眼瞪大至極限，從這樣的表情，可以明顯看出他震驚到說不出話的反應。

美世不可能對他說這種話，昨天的告白絕不是騙人的。

（咦……咦？為……為什麼？）

擅自動起來的嘴巴止不住地往下說。

「我……我……討厭……老爺！」

「妳……說什麼？」

清霞一臉茫然地輕聲開口。他的雙手突然失去力量，在鬆開美世的手之後緩緩落下。

（怎麼……為什麼……我怎麼說出……）

這輩子，美世都不可能把「討厭」這兩個字用在清霞身上。但現在，她卻如此輕易說出口，這讓美世本人都有些難以置信。

強烈的動搖、打擊、罪惡感……以及對自己的憤怒和失望。各種負面情緒交織成漩渦，吞噬了美世的內心。

「我覺得很生氣。」

美世壓根兒沒有對清霞懷抱半點怒氣。要生氣的話，也是對自己生氣而已。跟真心話完全相反的情感，源源不絕地從美世本人口中傾洩而出。

「老爺，沒想到您竟然是這種好色之徒！」

「好……好色……？」

「真是不知羞恥！令人不敢相信！」

「不……不知羞恥……」

「我……我沒辦法……跟老爺……做……做那種事！」

「這樣……啊……」

清霞的聲音愈變愈輕，雙肩也無力下垂。

不可能存在於自己腦中、不該用來指責清霞的詞彙接二連三湧出。無力阻止的美世，最後只能以手掩住自己的嘴巴。

（為什麼……為什麼……為什麼！）

好色之徒、不知羞恥什麼的，她怎能說出這些讓清霞傷心的話呢？

此刻，她的思緒和情感比昨天更加混亂。徹底失常的美世開始頭昏眼花起來，眼前也一片黑暗。

她的手腳能自由動作。但不知為何，一張嘴偏偏不受控制。

幾乎要哭出來的美世匆匆轉身，頭也不回地逃離現場。

第二章　悸動的心

因為打擊過大，清霞只能茫然呆立在原地。

腳掌彷彿緊緊黏在地面，讓他只能眼睜睜看著美世背對自己跑走，一步也追不上去。

（為什麼……會變成這樣……）

打從昨晚開始，他就不停這麼自問。原本以為問題應該能迎刃而解，但他現在又變得毫無頭緒了。

今天白天時——

『隊長，這方面的事情，您要考慮得更周到才行啊～』

雖然沒有向五道求助，他卻自顧自給出這樣的建言。不過，清霞也覺得他這番話不無道理，因此決定試著一步一步慢慢來。

這一年以來，他有把握自己跟美世的男女之情已經加深許多。

清霞渴求美世的愛，而美世也願意給予他。

『我愛您，清霞先生。』

聽到這句話的當下，清霞欣喜若狂得像是置身夢境之中。他開心的程度，就連自己都有些看不下去。

然而，他也明白兩人的相處方式幾乎算不上是戀人，更遑論夫妻。

他們頂多只有像孩子那樣嘴唇相觸的親吻，以及擁抱和牽手，一貫維持著像是在辦家家酒，過度健全而單純的關係。

用不著五道指出來，清霞自己其實也有些憂心，倘若就這樣結婚，兩人的關係會不會依舊無法往前踏出一步。

所以，他才會如此失態。

「唉……」

清霞抱著頭重重嘆了一口氣，在原地蹲下。

要是被人看見這副模樣，他之後想必會被調侃一輩子。然而，現在的清霞無力阻止自己這麼做。

（昨晚那樣實在不妥……）

他太心急了，清霞只能給自己這樣的評語。被美世以「討厭」、「好色之徒」和「不知羞恥」責備，也是理所當然。

（她果然還沒有原諒我啊。）

要是沒做出那種勉強她的行為就好了。

『我……我……討厭……老爺！』

美世排斥自己的那句發言，深深刺進清霞胸口。

好色之徒、不知羞恥，她說的沒錯，清霞完全無法為自己辯解。儘管很想哭，但他沒有資格落淚。

在深深懊悔過後，清霞猛地從原地起身，快步走向自己的房間，毫不遲疑地褪下家居服，換上工作時穿的軍裝。

剛洗完澡的他，將還帶著些許水氣的長髮隨意梳了梳，再以淺藍色髮帶迅速紮成一束。

就這樣，做完出勤準備的他，像是逃跑那樣離開自宅。

完全是所謂的敵前逃亡，是可恥、窩囊不已的落荒而逃。

「所以，您就整晚待在值勤所都沒回家？嗚哇……噗！」

先是皺眉，接著毫不掩飾地噗嗤笑出聲的，是在太陽高高升起、接近正午的時刻造訪值勤所的辰石一志。他目前是清霞的下屬之一。

雖然沒有軍籍，但一志既是異能者，又加入清霞麾下，因此時常會像這樣以協力者的身分進出值勤所。

站在一志身旁的五道，也捧著肚子、一臉呼吸困難的模樣。

「你……你別取笑隊長啦……噗……呼呼呼……他……他可是……噗……認真的啊。」

五道根本算不上是規勸的發言，讓清霞內心的煩躁感攀升至頂點。

他並沒有主動跟五道說明這一切。

早上出勤時，五道從值夜班的隊員口中聽聞「原本已經下班返家的隊長，不知為何晚上又突然返回值勤所」、「之後，他一整晚都沒回家，一直待在辦公室裡處理公務」等情報後，竟然自行以抽絲剝繭的方式導出了真相。

而且，五道還把此事當成茶餘飯後的笑話，說給之後才造訪值勤所的一志聽，才會衍生出眼前這種最惡劣的情況。

（……要徹底教訓他一頓嗎……算了。）

清霞已經連這點力氣都不剩。

昨晚，離開家來到值勤所的他，就這樣一直坐在辦公桌前。然而，他完全無法集中精神，只是徒然地浪費時間。

儘管視線不斷掃過文件上的文字，他的腦袋卻無法吸收任何內容。

除此之外，只要稍微開始放空，大腦隨即會被美世昨晚的言行舉止給填滿。

『我……我……討厭……老爺！』

『老爺，沒想到您竟然是這種好色之徒！』

『真是不知羞恥！令人不敢相信！』

光是回想，他的心就開始淌血。不過，清霞也認為自己確實做了理應受到這般譴責的行為，因此深深反省過。

「唉……」

在他重重嘆了一口氣之後，兩名下屬的大笑聲變得更誇張，吵得他加倍心煩。

更重要的是，他對自己的反應相當無言。

『我覺得很生氣。』

這麼對他說的未婚妻，眉尾和眼角一反常態地上揚，一雙黝黑的眸子帶點水氣，唇瓣也緊抿成一條線……再加上儘管怒瞪著清霞，卻缺乏魄力，因此看起來只是單純在仰望他的視線。

看著美世生氣的樣子，雖然很不得體，清霞仍湧現了這樣的想法。

——她好可愛，好令人憐愛。

（我真的不太對勁。）

對真心動怒的人懷抱「可愛」這種感想，實在是失禮至極。

只是，清霞是初次目睹美世並非感到悲傷或痛苦。而是純粹在生氣的模樣，這讓他除了愧疚感以外，也同時湧現這樣的感受。

真要說的話，看到美世第一次對自己動怒，他甚至有幾分心懷感激。

即使思考了一整晚，這些情感仍只是在腦中不停打轉，沒有任何進展。

「隊長，從您的表情看來，您應該不是在煩惱吧？」

五道以手指拭去在大笑過後從眼角滲出來的淚水，道出一針見血的疑問。

「他八成只是在想『雖然吵架了，但我的未婚妻真是令人憐愛到不行』之類的吧。」

一志聳聳肩，以無奈笑容道出雖不中，亦不遠矣的發言，一旁的五道也出聲附和。

「哦，因為是小倆口拌嘴？」

「沒錯，是小倆口拌嘴。」

平時明明水火不容，卻偏偏在這種時候默契十足的五道和一志，同時發出「哎呀呀～」的感嘆聲，清霞已經連對他們的言行一一發怒的力氣都沒有了。

要說是小倆口拌嘴，或許也真是如此？

（話說回來，沒想到她也會那樣動怒啊。）

美世會對自己表露怒意，代表兩人已經建立起某種程度的信賴關係，這一點讓清霞很欣慰。不過，要說這像不像美世平日的作風，答案是否定的。

也就是說，是清霞傷害了美世，導致她做出這種一反常態的言行舉止。

「──你們兩個。」

此刻，清霞做出了忍辱負重的決定。

看似已經察覺到什麼的五道和一志，雙雙帶著壞心眼的笑容望向他。清霞以苦澀不已的表情擠出這句話：

「……什麼樣的賠罪方式，對女性最有效果？」

不用說，做為代價，直到清霞死去為止，這件事恐怕都會被當成用來調侃他的話題吧。

◇◇◇

自美世對清霞道出深惡痛絕的譴責那晚以來，已經過了兩天。

至今，兩人相處的氣氛仍相當尷尬。

每次和清霞說話時，美世都會不由自主地說出和真心話相反的發言，因此，她只能逃避和清霞對話及有所接觸的機會。

再這樣下去，情況恐怕完全無法改善。

（我到底是怎麼了呢……）

她沒有哪裡不舒服，平時都能一如往常地自由行動，和清霞以外的人交談時也很正常。

「由里江太太，我是不是有點怪怪的呢？」

「這個嘛……」

每隔幾天，就會到清霞家中做幫傭工作的由里江，在聽到美世的疑問後沉思片刻。

「或許因為大喜之日將近，讓您這陣子變得有些神經質？」

由里江再中肯不過的意見，讓美世沉默下來。

人生的大前輩由里江都這麼說了，或許就是這麼一回事吧。然而，就算變得比較神經質，應該也不至於口不擇言才是。

「……我竟然對老爺說了那麼過分的話，而且遲遲無法跟他道歉。」

儘管想賠罪，每當美世企圖道出這類字句時，就會有種喉嚨被哽住的感覺，讓她發不出半點聲音。

跟由里江對話時，明明是這麼順利。

「哎呀，差不多是老爺跟夫人抵達的時間了。」

朝時鐘望了一眼的由里江輕喃。

今天，清霞的雙親——正清和芙由——將會造訪他們居住的這間小巧房舍。據說，即將成為美世公婆的兩人，從不曾來過這個家。

最近，他們為了參加結婚典禮而來到帝都。正清認為這是個好機會，便要求芙由和他一起過來拜訪。

順帶一提，關於這件事，清霞只是淡淡回以一句「隨便他們吧」。

而今天也照常去工作的清霞，目前不在現場。

接近正午時，高掛在空中的太陽從雲間微微透出光芒，讓氣溫變得暖和一些時，乘著轎車的正清和芙由現身。

「嗨，咳咳……午安。」

樣貌看不出來已經邁入中年的男子——久堂正清輕輕舉起一隻手打招呼，邊咳嗽邊走下轎車。他在和服外頭罩了好幾件大衣，一身彷彿時節正值隆冬的打扮。

看來，他的身子仍然很孱弱。

披著材質偏厚的披肩、身穿西式禮服的女子，握住正清的手緩緩步下車。她是正清之妻，亦即清霞的親生母親芙由。

一如前陣子見面時那樣，用看起來很昂貴的禮服完美襯托出自身優雅氣質的芙由，露出不快而犀利的眼神。

「這間房子還真是窮酸。」

以扇子遮掩嘴角的她，一開口就是語帶不屑的發言。

（──……一如想像呢……）

以「歡迎，我恭候兩位已久了」打招呼的美世，不禁同時在內心苦笑。

至今，芙由似乎從不曾打算造訪這個家的樣子。

或許是因為這間房子座落在跟帝都中心有一段距離，比較近似於田野鄉村的偏遠區域。再加上，清霞買了一棟什麼樣的房子，芙由可能早有耳聞。

芙由喜愛西式的裝潢和家具，以及各種高調華麗的東西。看到這間跟自己的審美觀背道而馳的房舍，就連美世也猜得到她會做出什麼樣的反應。

「芙由，別這樣。」

「這是事實呀。真是的，堂堂的久堂家當家，竟然住在這般簡陋的房舍裡。」

即使正清開口規勸，芙由也不當一回事。

以不知在想什麼的「哈哈哈」輕快笑聲回應後，正清將視線移往站在美世身旁的由里江身上。

「噢，午安，由里江。雖然有聽芙由說過妳的事，但我們好久沒見到面了呢。看到妳還這麼有精神，真是太好了。」

「是的。久疏問候，真是非常抱歉。如老爺所見，我由里江還能繼續以幫傭的身分，在少爺身邊精神奕奕地幹活呢。」

「很好、很好。」

「兩位請進吧。」

待雙方問候告一段落時，美世開口邀請正清和芙由踏進家中。

不過，跟她擦身而過時，正清突然停下腳步，以好奇的表情直直盯著美世的臉瞧。

「美世。」

「是？」

美世不解地眨眨眼，但正清卻只是「哦～」了一聲，然後像是恍然大悟那樣點點頭。

下一刻，正清若無其事地穿越狹窄的玄關，就這樣踏進家中。

（他剛才是怎麼了？）

搞不清楚狀況的美世和由里江不禁面面相覷。

隨後，由里江前往廚房準備茶水和點心，由美世一個人領著正清和芙由來到客廳，請他們在坐墊上就坐。

這段期間，芙由不斷提出不滿的意見。

「威嚴根本蕩然無存呀。老爺，您不這麼覺得嗎？」

「哎呀，別這麼說嘛。清霞他……那時應該也是基於各種考量，才會選擇住在這個家裡吧。」

「您太寵他了。」

因為穿很多，身型顯得臃腫的正清，再加上身穿正式禮服的芙由。有這兩人在的客廳，確實讓人感到有些擁擠。美世心不在焉地聽著芙由的抱怨，默默開始想像清霞的過去。

至今，她已經跟清霞共同生活了好一段時間。

在這些日子當中，美世多少也聽說過他過往的片段。

（老爺他……內心想必受傷了吧。）

據說，清霞是在決定加入軍隊時擬定購買這間房子的計畫。一從帝國大學畢業，他便馬上住進來。

他之所以會決定從軍，不用說，原因都是在於五道父親之死。

畢竟清霞很溫柔。身為異能者、身為軍人——同時身為久堂家當家，他想必背負著各式各樣的重責大任，也為了確實盡責而受傷、痛苦、默默承受許許多多。

所以，他或許希望至少讓自己過著平靜，不用受他人威脅干擾的私生活吧。

同時，他也打算選擇能在這樣的生活中陪伴自己的女性作為結婚對象。

「……清霞是用自己賺來的錢買下這間房子，而不是用久堂家的錢。我們應該要接納他的選擇。」

正清以像是在眺望遠處的眼神這麼說。他這句發言，讓美世很想重重點頭附和。

還在念書時，清霞便以異能者的身分參加異形討伐任務，再以得到的酬勞，亦即個人財產買下這間房子。這樣的選擇，想必象徵著他的決心。

芙由朝正清瞥了一眼，用鼻子哼了一聲，沒再繼續開口。

「讓各位久等了。」

手捧托盤的由里江走進客廳。

之後，眾人閒聊的話題，幾乎都和過往回憶相關。是正清、芙由、由里江——以及清霞和葉月都還住在久堂家主宅邸那時的事情。

芙由帶著鬧彆扭的表情不發一語，像是在抗議「過去的事情有什麼好說的呀」。倒是正清和由里江聊得相當熱絡。

「我從以前就經常不在家，總是把打理整個家的工作丟給妳呢，由里江。」

「哎呀，怎麼會呢，老爺您言重了。」

「要是沒有妳在，葉月跟清霞恐怕無法成長為這般正直的大人。我很感謝妳喔。」

「……您對我的教育方式有什麼不滿嗎？」

「啊哈哈，但妳以前其實也不怎麼關心孩子們吧？」

正清的回應，讓在一旁聆聽對話的美世心驚膽跳，表情也變得有些僵硬。

她對久堂家的過往回憶深感興趣，也聽得津津有味。不過，正清時常笑容滿面地做出毒辣發言，尤其是在面對芙由時，他幾乎完全不留情面。

初次造訪正清和芙由居住的別墅時也是如此。正清總是笑瞇瞇的，所以容易讓人誤會，但他其實並不太溫柔。

不過，一旁的由里江以熟練的態度忽略了這句話。果然薑還是老的辣。

「因為，比起孩子們，芙由的眼中只有我而已嘛。呵呵，她很可愛對吧？我就是喜歡她這種地方呢。」

「老……老爺！您這是在說什麼呀！」

芙由瞪大眼，慌慌張張地制止正清。但正清仍是一副從容自在的模樣。

美世甚至開始覺得這樣的芙由有點可憐。

最後，心慌意亂的芙由起身，表示要到處看看這個家的內部，接著便走出客廳。

為了替芙由帶路，由里江追著她的背影離開，只剩下美世和正清兩人留在客廳裡。沉默籠罩了這個空間片刻。

從拉門全數敞開的客廳望出去，可以看到開始展露生機而呈現一片翠綠的花草樹木，在帶著沙塵的春季乾燥空氣中朦朧的影子。

清脆的鳥囀，以及偶爾傳來的風吹聲。

靜謐的室內被大自然的聲音填滿。面對坐在眼前的正清，美世感覺他散發出來的氛圍跟清霞有幾分雷同。

（……公公和老爺果然很相似呢。）

清霞的個性，還有顏色偏淺的頭髮和眼睛，都比較像芙由；不過，像這樣和正清靜靜地共處一室，會讓她有種類似跟清霞兩人相處時的感覺。

宛如緊繃的琴弦。雖然相當犀利、帶點冰冷，卻也有著柔和的部分……大概就是這樣的氛圍。

「美世。」

聽到正清突然的輕喚，美世筆直望向他開口回應。

「是。」

「妳是在哪裡被人下咒的？」

美世屏息。她沒能馬上理解正清說了什麼。

眼前的正清，以撐在茶几桌面上的手托腮，一舉一動和眼神，都優雅得彷彿只是在跟美世閒聊。他道出的驚人事實，跟這樣的光景完全兜不起來，讓美世的思考持續空轉。

「咦……？」

她勉強擠出來的，只有這個聽起來跟嘆息沒兩樣的單音。

看著一臉茫然地僵住的美世，正清的眼神透出幾分愉悅。他似乎是覺得她的反應很有趣。

「妳現在是被人下咒的狀態。不對，說是下咒，或許太誇張了一點……這感覺就是超級外行人幹的好事呢～」

「下……下咒……是嗎？請問……是有人對我下咒？」

怦通怦通的劇烈心跳聲，讓人相當不快，汗珠也從美世的掌心滲出。

下咒，或說是詛咒，是術師施展的一種術法，泛指術法之中會帶來負面影響的東西。據說，如果確實按照步驟進行、獻出代價的話，即使是外行人，也能透過詛咒來殺害他人。

聽到美世勉強擠出來的疑問，正清帶著笑容一派輕鬆地點點頭。

「沒錯，妳被人下咒了。我剛來的時候就覺得很在意呢，妳自己沒發現嗎？」

「沒……沒有……」

對美世來說，這樣的事實簡直是晴天霹靂。雖說多少學習過皮毛，但她對術法相關知識的理解幾乎等同於零，完全無法察覺到自己遭人下咒一事。更何況，清霞也——

「但……但是，老爺他什麼都沒說……」

無論兩人的關係變得多麼尷尬，美世現在可是遭人下咒了，很難想像清霞會對此事置之不理。

此時，正清初次收起笑容，詫異地眨了眨眼。

「真的嗎？清霞什麼都沒跟妳說？」

「是的，老爺什麼都沒說。」

「怎麼會……所以，這是清霞下的咒……不對，他不可能運用這種馬虎又粗製濫造的咒語，更何況，他怎麼會對自己心愛的未婚妻下咒呢。」

正清以手抵著下顎，叨念著陷入沉思。美世則是陷入驚慌失措之中。

（怎麼辦？如果這是很嚴重的、會危害生命的咒語，我會不會死掉呢？）

或許是察覺到美世內心的不安，正清再次露出溫和的笑容，以一聲「哎呀～」開口。

「妳完全不需要這麼擔心喔。說是詛咒真的太誇張了，這充其量是個拙稚的『咒語』，不僅沒有足以左右人類生死的力量，也不會對妳的身體帶來危害。」

「是……這樣嗎？」

「嗯，是個輕微到甚至不需要馬上破解的詛咒，頂多只會讓妳的言行舉止有些失常。」

「言行舉止失常……」

這下美世完全明白了。此外，關於正清提到的「咒語」一詞，她心裡其實也有個底。其實，美世心中仍懷抱著「真的嗎？怎麼會呢？」的錯愕想法。不過，畢竟正清沒理由對她說謊。

這樣的話，原因恐怕在於──

無視美世不斷冒冷汗的反應，眼前的正清輕笑出聲。

「話說回來，沒想到清霞竟然沒發現呢。我這兒子也真是的，太好笑了吧！呵呵呵……啊哈哈哈！咳……咳咳！」

原本只是震顫著喉頭發笑的正清，最後像是被戳到笑穴那樣捧腹大笑，笑到幾乎整個人要趴倒在茶几上的程度。

或許是因為笑得太過火了，他還不時猛咳幾聲。

「請……請問……」

想把狀況問清楚一點的美世，默默在一旁等正清的笑聲停止。

最後，笑到吁吁喘氣的正清，勉強恢復成端正的坐姿後，望向美世以「意思就是……」開口。

「施加在妳身上的詛咒很微弱，同時也很多破綻。即使是能力一般的術師，只要多留意，就不難發現。然而，清霞卻完全沒有提及此事。」

「是的。」

看到美世點頭，差點又要噗嗤笑出聲的正清連忙以手掩嘴，道出自己的看法。

「我想，清霞恐怕是沒能察覺到這個詛咒吧。」

「咦？可是……」

這是能力一般的術師都能發現的拙稚詛咒。但像清霞這樣水準一流……不對，說是超一流也不為過的異能者兼術師，竟然沒能發現，原因究竟為何？

面對美世的疑問，正清回以一個言簡意賅的答案。

「八成是樂昏頭了。」

「……樂昏頭？」

是誰、為了什麼而樂昏頭？難道正清所指的人是清霞嗎？

（這怎麼可能呢……）

沒有比清霞更不適合「樂昏頭」這種形容的人了。

當然，他也會有心情好的時候，但從不至於到樂昏頭的程度。至少，美世沒看過這樣的清霞。

看到美世愣愣的反應，正清緩緩搖頭。

「跟妳的大喜之日，想必讓清霞滿心期待又欣喜不已吧。連這種出自外行人之手的詛咒都沒能發現，就是最好的證據。因為樂昏頭，反而疏忽掉身邊最基本的事情。」

「您說老爺他……」

美世實在很難相信。不過，想到清霞是如此深切渴望和自己成婚，她的臉頰忍不住開始發燙。

（好開心啊。）

倘若清霞也跟她一樣，被無比的幸福感包圍著的話。

美世感覺胸口被一股暖流填滿，那是清霞至今給予她的所有溫暖。這股暖流在美世的體內不斷膨脹，幾乎就要滿溢而出。

「……妳的表情很不錯，你們倆都要變得幸福喔。」

望向美世的正清，眼底不見一如往常的冰冷，只剩下彷彿能包容一切的慈愛。

感動不已的美世，只能默默對他點頭。

好幸福，一切的一切都好幸福。就連這個詛咒，都令人無法憎恨。正因為有它，美世才得以了解清霞令人意外的一面。

直到方才都深深糾纏著她的煩惱，好似不曾存在過。

正清和芙由沒有在清霞家吃午餐，到了下午便打道回府。

跟由里江商討過的美世，原本有打算準備午餐招待兩人，但被芙由一如往常地果斷回絕。

『要我待在這種窮酸的屋子裡、吃妳們端出來的窮酸飯菜，妳不覺得這簡直失禮至極了嗎？』

看到芙由以犀利眼神瞪著自己這麼說，美世實在也很難挽留她。

之後，美世和由里江一起準備簡單的中餐享用，接著開始處理晚餐用的食材。太陽開始西斜的時候，由里江便返家了。

橘色的夕陽餘暉從窗外照入。

今天算不上是大晴天，但洗好晾在外頭的衣物已經徹底曬乾了。細心折疊好收進屋內的衣物後，美世輕輕吐了一口氣。

（「咒語」……君緒小姐知道這件事嗎？）

她還是有些在意正清所說的下咒一事。

能聯想到的原因只有一個。就是去參加料理研習會時，君緒告訴她的那個故事。當時，君緒明確表示這是一種「咒語」。

從研習會那晚開始，在面對清霞時，美世變得會說出口是心非的惡言。

這樣的巧合讓人無法忽略，也跟正清的說明內容一致。

也就是說，明知那是個惡質的咒語，君緒仍刻意對美世下咒？又或者她其實不知情，只是覺得好玩，才說那個故事給美世聽？

就算試著回想君緒的態度，美世也無從做出判斷。

（總之，得跟老爺商量才行。）

美世獨自將雙手緊緊握拳，為自己打氣。

她身上的詛咒尚未破解。正清表示，想破解的話，就去找清霞幫忙。言下之意，或許是要美世跟清霞好好談一談吧。

從詛咒的效果來看，理應不難想像美世和清霞目前尷尬的關係。

想在詛咒尚未破解的情況下和清霞對話，需要鼓起勇氣。

而且，因為害怕自己又做出單方面傷害清霞的言行舉止，美世實在踏不出這一步。

不過，如果只是向清霞說明詛咒的存在，想必不會有問題才是——美世試著這麼說服自己。

天色已經完全轉暗。在美世將晚餐準備得差不多的時候，外頭傳來一陣轎車引擎聲。清霞到家了。

「我回來了。」

「歡……歡迎回來。」

面對戰戰兢兢低頭致意的美世，清霞也不太自然地以「嗯」回應她。

「我父母今天有過來一趟吧？情況……怎麼樣？」

脫下鞋子，從玄關踏進家中地板時，清霞淡淡開口問道。這讓美世決定好好面對他。

「那個……老爺。」

「怎……怎麼了？」

雖然感覺有點不知所措，但清霞的一雙眸子也筆直俯瞰著美世。

「公公他說——我被人下咒了。」

清霞聽到這句話當下露出的表情，她大概一輩子都不會忘記。

像是嚇傻了，又像是一臉茫然，難以用言語形容的——感覺有點傻氣的表情。

「呃……什麼？妳被人下咒了？」

先是僵在原地，說不出半句話的清霞，過了半晌才回過神來，慌慌張張地將美世從頭到腳仔細觀察過一遍。

「真的……是詛咒……」

因為手足無措，清霞看起來窩囊得彷彿下一刻就會腿軟而癱坐在地。湧現這種想法雖然不太恰當，但美世總覺得這樣的他有點可愛，因此拚命抑制嘴角上揚的衝動。

「對……對了！我馬上替妳破解——」

「老爺。」

美世挺直背脊，再次開口呼喚不知所措的清霞。

這是個好機會。為了不讓尷尬的關係持續下去，她必須如正清所說的那樣，跟清霞問個清楚。

「老爺，您樂昏頭了嗎？」

因為詛咒，美世不由自主選擇了帶刺的說話方式。但她沒有因此退縮，努力站在原地等待清霞回答。

清霞再次止住動作，整個人僵在原地。

「樂……樂昏頭？妳說我嗎？」

「是的。公公這麼告訴我。他說您沒能發現我身上的詛咒，是因為婚期將近，覺得滿心欣喜、整個人樂昏頭的緣故。」

「他……他怎麼……」

原本打算反駁的清霞，最後默默閉上嘴，伸手開始胡亂撥弄自己的瀏海。這樣的他，雙頰泛紅到美世至今從不曾看過的程度。

「或許……是這樣沒錯……」

他以幾乎沒人聽得見的細微嗓音這麼回應。那個清霞，現在完全在害臊。

他不斷發出「啊……」或「唔……」這類像是在呻吟的聲音，嘴巴一下張開、一下閉起，最後，像是舉白旗投降那樣重重嘆了一口氣。

「唉。我沒辦法為自己找藉口……沒錯，我恐怕是樂昏頭了。能跟妳結為夫妻，實在讓我很開心。」

「老爺……」

「真的太不像樣……我簡直沒救了。不管妳怎麼說我，我都完全不會覺得生氣，反倒還……」

清霞沒有把話說完。在下個瞬間，美世整個人被他攬進懷裡。

他微微彎下厚實的背，這讓美世有種自己被他的一切包覆住的感覺。

「妳討厭這樣的話，就告訴我。」

我不討厭——原本打算這麼開口，但美世最後選擇沉默。

因為詛咒尚未破解，在這種狀態下開口的話，她可能又會說出責備清霞的話語。明明不討厭，但她一定會說討厭。

每當美世企圖向清霞坦承自己的想法或心意時，這個詛咒似乎就會讓她做出恰恰相反的發言。

所以，美世以雙臂環抱住清霞的背，以行動來取代口頭回答。

寬闊、結實、可靠的背，是數度投身戰場、守護美世、替她遮風擋雨的背。她怎麼可能討厭跟清霞這樣碰觸彼此呢。

「妳之前說的討厭，我可以把它當成是詛咒的影響嗎？」

「……」

美世沒有肯定或否定，也沒有點頭或搖頭，只是對環抱住清霞的雙臂微微使力。

「我可以……相信之前那個說喜歡我的妳吧？」

「這兩天所發生的事……似乎全都是詛咒的影響。」

聽到美世終於開口回應，清霞露出看似放心的微笑。

「那就好，竟然沒能察覺妳身陷危機——我不會要求妳原諒這般窩囊又不像話的我。」

美世緩緩閉上雙眼。

沒有什麼原不原諒的問題。倘若她真的陷入足以危及生命的險境，清霞必定會察覺到。他就是這樣的人。

他比任何人都更疼愛、珍惜美世。

（我喜歡您……我愛您。）

雖然現在還說不出口，等到詛咒破解了，美世希望自己能克服害羞的情緒，好好將這句話傳達給清霞。或許無法馬上習慣，但她也想變得能自然呼喚他的名字。

在美世沉浸於感受彼此的體溫時，清霞再次輕聲開口。

「而且，即使是詛咒的影響，能看到妳對我生氣，我還是很開心。」

「咦？」

「因為……妳生氣的模樣也很可愛。」

「……」

自己該如何看待這句告白才好？美世真心感到困惑起來。

有人生起氣來會很可愛嗎？而且，清霞當下明明露出那種大受打擊的表情，內心卻覺得眼前的美世很可愛？

（這……這個，該怎麼說……）

陷入複雜心境的美世，從清霞的雙臂之中鑽出來。

「美世？」

「老……老爺，您果然很奇怪！」

道出受到詛咒影響的發言後，美世便速速離開現場。不過，盤據在她內心的烏雲已經全數散去。

只留下對清霞的愛戀之情。

◇◇◇

翌日，清霞在值勤所裡頭的會客室，和他的直屬上司大海渡征會面。

隔著一張桌子相對的兩張沙發上，一邊是並肩坐著的清霞和五道，一邊則是面色凝重的大海渡。

「抱歉，突然跑來。」

面對沉著一張臉道歉的大海渡，清霞以「不會」回應。

這天，清霞出勤後沒多久，便收到大海渡的聯絡。後者表示有些棘手的事情要跟他商量，因此會在上午前往值勤所一趟。

雖然是很唐突的聯絡，但這也代表大海渡想商量的事有多麼令人傷腦筋。

於是，清霞便領著五道過來和他會面。

「那麼，您要跟我商量什麼？」

聽到清霞的催促，大海渡點點頭後開口。

「今天下午，你有沒有什麼推不掉的要事？」

「不，沒有。」

「這麼突然，真的很抱歉，我想請你幫忙接洽某個委託。當然，是跟異形相關的案子。」

這也太突然了——清霞吞下原本想脫口而出的話語。

看到身為上司的大海渡表現得如此愧疚，清霞實在不好開口責備他。看來，他也很清楚這樣的要求相當不合理。

或許是看穿清霞的想法了吧，大海渡原本嚴肅的神情，又多了幾分過意不去的感覺。

「抱歉啊……委託人是長場家的夫妻。」

「您說的長場，是跟軍方淵源匪淺的家系對吧？我記得他們跟參謀本部也有點關係。」

大海渡點頭肯定了五道的疑問。

「嗯，所以，實在很難拒絕他們的要求……給你們添麻煩了。」

「這件事不成問題，不過，怎麼會這麼突然？」

這麼詢問後，回應清霞的，是一個重重的嘆息聲。

「對方以強硬態度表示，有個問題想盡快找我們商量。我們試圖和他溝通過，但他卻放話要脅，說我們如果不馬上接下這個委託，他就會設法把對異特務小隊搞垮。」

軍方高層蠻橫不講理的作風，已經不是一兩天的事情了。

對異特務小隊這個組織，原本是為了招攬力量足以和強大兵器匹敵的異能者，將其納入軍隊，化為國家的戰力而成立。

然而，自對異特務小隊成立以來，已經過了數十年的時間。

當初的目的和理念，隨著時間經過逐漸淡去。

最後，諸如視小隊為眼中釘的人、主張小隊沒有存續必要的人、將小隊戲稱為「養老部門」的人接二連三出現。即使是軍方高層，恣意批評對異特務小隊的人從來沒有少過。

但這也足以證明，目前的世界，正處於異能者不會被當作兵器利用的和平狀態之下。

話雖如此，站在清霞的立場，他還是希望今後不要再發生這種強人所難的事情。

（在正式離職前，恐怕得清楚表明我們這邊的立場才行。）

反正，自己都要離開軍隊了。

可以的話，他想在最後以強硬態度回應威脅小隊的人，替繼承隊長職務的五道留下一個較為健全的職場環境。

「長場家想找我們商量的，似乎是家裡有人被異形附身的問題。畢竟這屬於你們的專長，我這邊就沒有深入過問太多了。」

「原來如此。」

清霞輕輕吐出一口氣。

「沒關係。既然是這一類的問題，我們除了接受委託，恐怕也沒有其他選擇。要是影響到小隊跟高層的關係，我們也會很傷腦筋。我和五道會去跟對方洽談。不過，無法保證之後也是由我們親自前往解決問題。」

雖然得先確認過詳細情況再下決定，但實際負責調查的恐怕不會是清霞或五道，而是其他隊員。

大海渡對他的回應表示理解。

「嗯，沒問題，我會這樣回覆長場。」

「謝謝您。」

關於工作的對話告一段落後，五道誇張地重重嘆了一口氣。

「閣下～我真的得當下一任隊長嗎～？」

室內的氛圍一瞬間從公轉為私，大海渡的表情看上去也放鬆了一些。

「你不想當的話，也可以考慮其他人選。」

「閣下，您這樣放任五道，我覺得不太妥當。」

「抱歉，畢竟我們都認識很久了嘛。這種習慣實在改不掉。」

聽到清霞的諫言，大海渡的兩道眉毛彎成八字狀。

大海渡是過去曾跟久堂家千金葉月締結婚姻關係的人物。從這點可以看出，自年輕時期起，他便擔任著軍方和異能者之間的溝通橋梁。

因此，在他晉升少將，成為負責監督對異特務小隊的人物前，大海渡早已和小隊結下不解之緣。

而且是從五道壱斗率領小隊的時期開始。

「不過，倘若你真的不願意擔任隊長，就得早點開口。因為在清霞離開後，對異特務小隊跟第二小隊，十之八九得重新編組才行。」

「果然會變成這樣嗎？」

「這是當然的，你的空缺可沒有這麼簡單就能填補。當然，在辭去軍職後，我們還是會不時請你協助小隊遂行任務，但畢竟無法像現在這樣。」

即使不再是軍人，清霞自己也打算以一名異能者的身分，不惜餘力地協助對異特務小隊。

儘管如此，一如大海渡所言，小隊仍會無可避免地出現空缺。為了彌補這樣的空缺，只能重新思考、分配隊員的編組。

以舊都為據點的第二小隊，擁有許多能力優秀的異能者。

考量到這一點，諸如副隊長和班長等隊長以下的職位，恐怕都會重新任命。

（這裡的氣氛大概也會為之一變吧。）

想著這個陪伴自己好一段年月的歸屬之處，清霞心頭湧現一絲絲的寂寞。

因為是臨時過來拜訪，無法久留的大海渡之後隨即離開值勤所。

清霞和五道待在值勤所裡處理日常業務，等待和長場約定好的時間到來。

午後，帶著嚴肅氛圍的長場夫妻在對異特務小隊值勤所現身。

「……我是長場，有勞你們了。」

戴著帽子、握著手杖的和服男子，以及同樣做和服打扮、看起來楚楚可憐的女子。

兩人的年紀看起來就跟清霞和美世差不多。

或許清霞沒資格說別人，但男子——長場家的一家之主板著一張臉，說話語氣也相當冷淡。

站在長場斜後方的妻子，以「我是他的妻子君緒」輕聲打招呼。儘管臉上帶著笑容，整個人看起來卻很虛弱。

「我是對異特務小隊的隊長久堂清霞，旁邊這位是副隊長五道。」

「我是五道，請多多指教～」

聽完清霞和五道的自我介紹，長場只是以鼻子輕哼一聲，君緒則是戰戰兢兢地低下頭以「要麻煩兩位了」回應，眼神也飄向一旁。

儘管覺得氣氛尷尬至極，清霞仍領著長場夫妻來到值勤所的會客室。

「那麼，能請兩位詳細說明一下你們想商量的事情嗎？」

各自就坐之後，五道主動打開話題。

長場看似不太情願地緩緩開口。

「在說明之前，這個問題對長場家而言，是相當不得體的一件事。要是廣為流傳，會讓家族蒙羞。你們能保守祕密吧？」

「是的，當然了，畢竟保密義務是基本事項，我們絕不會任意對外洩漏相關情報。」

看著五道臉上不知道是陪笑還是發自內心的輕佻笑容，長場對兩人投以狐疑的眼神。

「真的嗎？……要是有個閃失，你們的項上人頭恐怕也會不保喔。」

「哇啊……嗯，是的，我能明白。」

五道的眼中沒了笑意。

一開始那聲不敢恭維的「哇啊……」，儘管細微到只有坐在身旁的清霞才聽得到，但他完全能理解五道的心情。

參謀本部的官員親戚，強硬要求大海渡安排長場和對異特務小隊面談的機會。而眼前的長場本人，似乎也和那個親戚同屬一類。

坐在他身旁的君緒，此時已經怯怯地縮成一團。

長場想商量的事情很單純，就是「家母的行動變得很異常，好像被什麼東西附身了，希望你們能幫忙驅除邪祟」這樣。

「家母會發出宛如野獸的詭異嚎叫聲，而且變得相當貪吃。現在已經無法以言語跟她溝通，嚴重的時候，如果主動靠近她，甚至還會被咬。」

長場眉頭深鎖，以愁苦的表情這麼說。

「我們現在勉強把家母關在家中的某個房間裡。除了有損長場家的形象以外，再這樣下去，我們也無法過著正常的生活。而且，家母已經不年輕了，我很擔心她的健康狀況。所以希望你們能盡速處理。」

聽完長場的說明，五道以嚴肅的態度回以「我明白了」。

「從您的說明聽來，令堂或許是被低階的動物靈附身了。不過，目前的根據只有您的口頭說明，所以還無法百分之百斷言就是。」

「是嗎？所以，你們能處理嗎？」

「可以。我們會先派遣對異特務小隊的隊員前往調查，確認是否真的是動物靈在作祟。如果是能夠當場處理的問題，就讓他們當場解決……這樣安排可以嗎？隊長。」

五道這麼請示清霞後，在場眾人的目光都跟著集中到清霞身上。

儘管大意不得，但長場家的狀況似乎不如想像中那般嚴重。倘若是這點程度的問題，五道的安排便相當安全，八成也輪不到清霞上場。

「嗯，沒問題。」

「雖然事前有被告知過，但調查不是由你們親自進行，真的可靠嗎？我聽說對異特務小隊奉行實力至上主義。那麼，由小隊中實力最強的你們來進行調查，應該比較妥當吧？」

長場以有些煩躁的語氣劈哩啪啦質疑起來。

然而，就算他這麼說，清霞和五道可都是大忙人。大喜之日將近的清霞，為了進行各種相關準備，排班日數比以往少了很多。五道則是為了填補他的空缺而忙得不可開交。

另外，讓隊員們累積實務經驗，也是必須的過程。

「非常抱歉，這方面我們無法配合。不過，我的下屬們都是平日訓練有素的術師兼異能者，也很清楚相關的對應步驟和處理方式。」

「……也罷。只要能讓家母恢復原樣，派誰來都無妨。」

聽到清霞冷靜的回應，長場不悅地別過臉，像是已經達成目的那樣從沙發上俐落起身。

「就這樣吧，我要走了。調查什麼時候開始？」

「啊～我們會再跟您聯絡，不過，不會讓您等上太多天的，請放心。」

說著，五道起身送長場走到出口。

為了送長場離開，清霞也準備從沙發上起身，卻被一名意外的人物制止。

「那……那個……我……我有些話想跟您說，隊長大人。」

是原本一直在丈夫身旁默默無語的君緒。

（有話想跟我說？）

清霞不禁感到納悶。除了長場母親的問題以外，他想不到任何會讓君緒刻意叫住自己的理由。

然而，看到君緒臉上令人無法忽略的憂愁和陰影，清霞也無法一口回絕她的要求。不得已，他只好又坐回沙發上，已經走到會客室門口的長場望向他們。

「隨便妳，我要先回去了。」

拋下這句話之後，他隨即轉身離去。

五道追著長場的背影離開，值勤室裡頭只剩下清霞和君緒兩人。然而，君緒卻仍是垂著頭，縮著身子不發一語。

她這副模樣，讓清霞回想起剛相遇那時的美世。

（不……倒也不像。）

想起昨晚的事，他的心不禁又有些躁動起來。但清霞隨即轉換心情，筆直望向眼前的君緒。

「妳想跟我說什麼？」

聽到他直接了當這麼問，君緒戰戰兢兢地抬起雙眼開口。

「……請您……救救我。」

「什麼？」

「我……我到底……該怎麼做……我是哪裡不夠好？」

「要是有想說的話，就請妳明說吧。我們還有很多工作要忙，沒辦法花太多時間在你們身上。」

清霞淡漠的回應，讓君緒先是雙肩一顫，接著變得淚眼汪汪。

「我受到丈夫相當惡劣的對待！他每天都對我很嚴苛，也會用不合理的話語責備我，甚至是毆打我。」

「……所以？」

「我婆婆的事也是！婆婆暴動時，他總是把安撫的責任全都推給我，自己只是在一旁看著。就算我被婆婆咬傷、抓傷，他也完全不為所動。」

說著，君緒拉起和服衣袖，坦露自己的手臂。她的手臂上確實有無數看似指甲或牙齒留下的傷口和疤痕。

「我不知道該怎麼做才好。請您救救我吧……！」

君緒以雙手掩面，痛哭失聲，清霞則是心如止水地看著這樣的她。

清霞的情緒平靜得連自己都感到詫異。儘管眼前有個正在傷心哭泣的女子，他卻完全不會覺得她可憐或悲哀。

（……這麼說來，這才是平常的我啊。）

他怎麼會忘了呢？過去的自己一直都是如此，無論造訪自家的那些未婚妻候選人再怎麼哭鬧、生氣——

清霞也壓根兒不會有心疼或愧疚感，他覺得那些女子怎麼樣都無所謂。

不知該說是好是壞，他最近不時會有心動的感覺，因此徹底忘了自己過去其實是這樣的人。

「我先問一句。」

聽到自己淡漠的嗓音，清霞有些驚訝。對方好歹是委託人，所以他原本在內心提醒自己以客氣的說話方式對應，但現在，這樣的顧慮完全不存在了。

「為什麼找上我？這裡可不是收容落難之人的寺廟。若是想找人商量家庭問題，有其他更適合的地方。真的希望有人對自己伸出援手的話，就不應該在這裡向我求救，妳明白這一點嗎？」

「啊……這個，可是……」

眼眶中淚水滿盈的君緒，視線無助地左右飄移。清霞不禁想要嘆氣。

「再說，『救救我』這種籠統的要求，別人聽了也不知道該怎麼做。要是有想拜託我幫忙的事，就具體說出來。這樣的話，我至少能替妳聯絡負責處理相關問題的單位。」

這是清霞所能做到的最大讓步。

對異特務小隊乃隸屬軍方的單位之一，基本上只負責處理異形相關事件。若是對他們提出超過業務範疇的要求，也只是在為難人而已。

眼前的君緒仍不停落淚。

「我……我害怕自己的丈夫和長場家，害怕得不得了……有沒有什麼方法，可以讓我丈夫的言行變得溫和一些？就算我開口懇求，他也完全聽不進去，所以，我想說如果有其他男性能夠點醒他，我丈夫或許就會改變了……」

「這樣的話，妳找錯對象了。麻煩妳去拜託別的男人吧。如果有這個需求的話，我可以幫妳聯絡警方。」

語畢，清霞從沙發上起身，再跟君緒耗下去，也只是浪費時間。

倘若她是清霞的朋友或是認識的人，他或許還會以個人的身分幫助她。但君緒只是工作上的委託人，他無法繼續奉陪。

「我送妳到玄關。如果有跟異形相關的問題，隨時可以——」

「請……請等一下！」

在這聲吶喊的下一刻，準備走向值勤室大門的清霞，背後感受到一股輕微的衝擊。

他轉過頭，發現君緒哀求地攀在他的背上。

隔著軍裝，清霞感受到她雙手的觸感、身體的溫度，以及微微顫抖的反應。

「我……我現在……只能依賴您了。聽齋森小姐說您是很溫柔的人，我想，您一定能夠幫助我……所以今天才會過來這裡。」

清霞吃驚地瞪大雙眼。

「齋森？」

「齋森美世小姐，她是我的小學同學……前幾天巧遇時，她看起來相當幸福……她說身為結婚對象的您對她疼愛有加，所以——」

聽著君緒以哽咽的嗓音斷斷續續道出原委，清霞內心湧現不快。

也就是說，雖然不知道是在什麼樣的場合上，但君緒遇見美世，又聽聞即將成為她丈夫的清霞對她百般呵護，因此，君緒便認為清霞說不定也能幫助自己。

（這是哪門子的思考邏輯啊。）

清霞並非對誰都很溫柔。應該說，他對每個人都很不親切，甚至經常被說成冷酷的人。這名女子怎麼會湧現這樣的想法？

「啊！」

為了甩開君緒的手，清霞轉身，和她拉開約莫一步的距離，君緒失去依靠的雙手就這樣停在半空中。

清霞初次體會到，被美世以外的女性依偎在自己身上，原來是比他想像中更令人厭煩、起雞皮疙瘩的事情。

「那又怎麼樣？」

「咦？」

清霞冰冷的語氣，讓仰望他的君緒瞬間語塞。

「妳是美世的同班同學，所以我應該對妳好、幫助妳。妳是想這麼說嗎？」

「怎……怎麼會呢，不是的。」

看著君緒手足無措地企圖辯解的模樣，清霞不打算再給予她半點同情。

「不巧的是，我不會因為妳是即將與我完婚的女性的同學，就協助妳解決個人的問題。我沒有那麼親切，也不是慈悲為懷之人。妳去拜託別人吧。」

以這麼強硬的態度拒絕的話，君緒八成也會認為清霞是個沒血沒淚的人吧。但這樣也無所謂。

『不管其他人說了什麼，我都不會在意……只要身邊的人、還有即將成為妻子的妳明白真相就好。』

清霞回想起自己幾天前向美世吐露的這句話，不禁覺得再中肯不過。

令他在意的、讓他想溫柔對待的，從來就只有美世，只要美世願意喜歡他，其他人怎麼樣都無所謂。

「隊……隊長大人……」

清霞委婉撥開君緒企圖再次伸過來的手，直接步出會客室，朝玄關走去。君緒從後方小跑步跟了上來。

「我拜託您，請您幫幫我好嗎？」

「別糾纏不休。我們會負責驅除長場家的異形，但不會接手除此以外的事。妳個人的問題，我會代為傳達給專門處理這類生活困擾的人。」

被清霞果斷拒絕、失去依靠對象的君緒，在落下一滴眼淚後默默離去。

她的背影看起來是那麼孱弱無助，但清霞仍將她的身影從腦中驅逐出去，然後轉身。

第三章　在櫻花守護下

春天的森林，呈現一片剛抽出嫩芽的新綠。

枝頭上的葉片仍不算茂密，常綠植物的綠意也還有些灰濛濛。不過，仔細觀察地面的話，就能發現從褐色泥土和枯葉之間冒出的零星青草所綻放出的小巧花朵，為林間增添些許色彩。

這樣的森林裡頭，有一條凹凸不平的石子鋪成的道路。清霞牽著美世的手，一起在這條不算太好走的路上慢慢前進。

「會不會累？」

聽到走在斜前方的清霞這麼問，美世搖搖頭。

在那之後，清霞順利破解了美世身上的咒語。不過，雖然破解了，卻無法完全恢復成原本的狀態。

（沒想到會留下影響呢。）

美世按捺住想要嘆氣的衝動。

在破解咒語的過程當中，兩人明白了一件事——因為這次對美世下咒的是外行人，這個詛咒粗劣而雜亂，無法透過破解的方式，徹底將它從美世身上移除。

此外——

清霞開始懷疑，美世的體質不只容易遭人下咒，還有可能對任何術法都很敏感，或是容易留下類似後遺症的影響。

雖然無法斷言原因，但清霞認為這或許跟美世在年幼時期被施加了「封印」這種強大的「術法」有關。

在美世出生沒多久之後，為了不讓她的異能被別人發現，身為親生母親的澄美在她身上施加了封印。

實際上，這個封印確實強大到讓美世整整十九年都無法施展異能。要是因此造成某種作用或是留下後遺症，恐怕也不足為奇，或許可以說是讓她有容易被術法影響的「傾向」吧。

基於這樣的理由，美世有可能因為殘留的詛咒影響，再次對清霞口出暴言。

所以，她至今仍盡可能避免和清霞對話。

「就快到了。」

清霞轉頭，像是為了讓美世放心那樣對她微笑。這時，後方傳來一個驚訝提問的人聲。

「久堂少校，有件事我一直很在意……美世今天幾乎沒跟你說過半句話呢。你做了什麼讓她生氣的事嗎？」

聲音的主人，是傷勢終於完全復原，才剛出院的美世的表哥薄刃新。此外，身為兄妹倆祖父的薄刃義浪也走在他身邊。

這座森林是由宮內省管轄的禁區。美世等人的目的地，是位於這塊禁區裡頭的異能者墓園——奧津城。

因為清霞的提議，這四人一同來為美世的母親齋森澄美掃墓。

「……」

清霞沒有停下腳步，也沒有回應新的疑問，只是惡狠狠瞪著他。

「真讓人吃驚耶。都說不回答就代表默認，所以，你真的惹她生氣了啊。」

看著新以有些做作誇張的動作來表現自身的驚訝反應，清霞的表情看起來更不悅了。

「……美世之所以不說話，並不是因為我惹她生氣。」

「你這麼說，是承認自己有惹她生氣嘍？」

新隨即道出的指摘，讓清霞眉間的皺紋變得更深。將這一切看在眼底的美世，心中百般不願意他人把自己不說話的原因怪罪在清霞身上。

因此，她轉身面對新，以「不是這樣的」訂正他的說法。

「這不是老爺的錯，只是，因為發生了一點事……」

可以的話，美世希望能將詛咒一事保密，她不希望讓新和義浪為自己擔心。

結果新半瞇起眼，對清霞投以狐疑的眼神。

「真的嗎？但是妳完全不願跟少校說話呢。難道妳懷疑他在外頭偷腥？」

「咦？」

「你……你說偷腥……」

聽到新出乎意料的發言，美世不解地歪過頭；相反的，儘管只有一瞬間，清霞卻表現出驚慌失措的反應。

想當然爾，新沒有忽略這個瞬間。

「少校，你剛才的反應很可疑喔。美世，他想必有什麼心虛的事情瞞著妳。」

冷酷的笑意在表哥那張俊秀臉蛋上浮現，他露出宛如盯上獵物的猛獸般的眼神。

現場的氣氛一下變得不太和平。

清霞像是要抑制內心動搖那樣深吸一口氣，再吐出來，然後重新緊緊握住牽著美世的那隻手。

「老爺？」

美世完全沒想過清霞偷腥的可能性。

過去曾有許多未婚妻候選人的他，身邊並非從未出現過女性。關於這點，美世固然會在意，但從未因此感到不安。

正因如此，清霞的反應相當出乎她的預料。她感受著他的掌心傳來的溫度，身子卻因緊張而變得僵硬起來。

「這是誤會。我才沒有偷腥，也完全沒興趣這麼做。」

「哦～？」

儘管清霞果斷否定，新仍以質疑的眼光打量他。

「不然，你剛才為什麼有點慌張？」

「因為……我之後會跟美世解釋。」

「跟我？」

「嗯，我想，那件事恐怕要告訴妳比較好。」

雖然不是偷腥，但感覺另有隱情。搞不清楚狀況的美世，只是坦率地點點頭。

「我明白了。」

「好吧，也罷。」

放棄追究的新瞬間露出一臉無趣的表情。看著孫子們的互動，一旁的義浪不禁苦笑。

這樣閒聊的同時，一行人抵達了奧津城。

乍看之下，這裡跟一般的墓園沒什麼兩樣。一片沒有樹木的開闊土地上，有許多墓碑整齊並列著。

其中，格外吸引人的，是一座感覺能環顧所有墓碑的木造祠堂。

這棟祠堂看起來年久失修，雖然還保有原本的外型，但木材因老舊變得灰白，有些部分已經腐朽、龜裂，甚至是塌陷。

不過，掛在屋簷下方的注連繩和紙垂，雖然有些歷經風吹雨打的痕跡，看起來卻還算新。

「這裡就是奧津城……」

儘管看起來只是一座平凡無奇的墓園，但想到此處所埋葬的都是擁有見鬼之才的人物，又或是異能者，不禁讓美世有種不可思議的感覺。

即使出生於異能者的家系之中，若不具備異能，死後便不會被埋葬在此處。

因為這樣，直到一陣子之前，這裡都是與美世無緣的地方。她原本也以為自己不會有機會踏進來。

「那麼……齋森家的墳墓在哪裡呢？」

新環顧周遭這麼輕喃。仔細想想，除了美世以外，在場的另外三人都和齋森家沒有半點淵源。

但義浪率先往前踏出一步。

「在這邊。」

薄刃是從不曾在人前露臉的家系。據說，義浪甚至連親生女兒澄美的葬禮都未能參加。

不過，從走在前方的外祖父確實的步伐看來，美世判斷他或許已經來為澄美掃過好幾次墓。

在義浪領導下，一行人順利找到齋森家的墓碑。

那是塊沒有任何特別之處的平凡墓碑，上頭只刻著家系之名，外觀設計十分簡樸。

（齋森家的……墳墓……）

美世的母親和身為異能者的祖先，就埋葬在這塊墓碑下方。

在出生二十年之後，她終於得以來到這裡。在今天之前，美世從不曾來為親生母親掃墓。

她感覺喉頭開始發熱，鼻腔深處一陣刺痛，眼眶也因淚水濡濕。

（為什麼……）

母親已經過世十幾年了，但自己卻直到今天，才初次來到她的墳前。這樣的自己，讓美世感到既沒出息又丟臉，簡直想在地上挖個洞鑽進去。

她過去為什麼一次都沒有來掃墓呢？

自己究竟都在做些什麼？

雖然溫柔的母親想必不會譴責這般不像話的她。

「如果……我能更早一點……來到這裡就好了。」

聽到美世不自覺的輕喃，清霞伸出手攬住她的肩頭。他壯碩的身體和體溫，慢慢軟化了美世僵硬的身子。

「嗯……抱歉，我沒能顧慮到這一點。」

「不，這不是您的錯。因為，直到前一陣子，這裡都還是禁止進入的狀態吧？」

「是這樣沒錯。」

去年夏天，奧津城曾因天皇的指示而遭人挖開，那時，這裡淪為一片狼藉的慘狀，直到入冬後才修繕完畢。

去年冬天，許許多多的事件一波未平、一波又起，沒想到該前來掃墓當然也很正常，畢竟美世也根本沒有餘力思考這件事。

另一方面，美世本人從沒有為誰掃墓的經驗，所以也不曾想過要這麼做。

美世就這樣無法動彈地佇立在齋森家墳前片刻。

之後，勉強自己動起來的她，將帶來的鮮花放到墳前供奉。四人就這樣一起靜靜地雙手合十祈禱。

（——母親，謝謝您一直保佑著我。）

美世在齋森家生活時、在清霞身邊生活時，以及那時候——待在薄刃家的期間，她的異能真正覺醒時。

澄美一直都在美世的身旁守護她，並助她一臂之力。

美世相信，出現在夢境中的母親就是澄美本人，而不是自己的想像。正因為澄美一直守護著自己，才能在最關鍵的時刻給予幫助。

就算只剩下靈魂、化為破碎的思念體亦然。

（母親，我現在非常幸福。）

在心中這麼報告後，原本哽在美世胸口的某種東西慢慢消散，讓她感到豁然開朗。

同時，她也察覺到一件事。

她其實一直都很想向母親報告——告訴母親自己努力地活到今天，以及今後終於能過著平穩生活的事。

她想向母親報告，然後聽到母親誇獎自己、為自己感到開心。

儘管澄美已經不在人世，但美世總覺得只要像這樣祈禱，必定能將心意傳達給一直保佑著她的母親。

有很長一段時間，美世都閉上眼，維持雙手合十的動作。

她不斷思念母親，在內心向母親傾訴，直到貼合在一起的掌心變得溫熱，才心滿意足地睜開眼。

「澄美想必很開心吧。」

義浪這麼輕喃，然後望向美世。

「美世，謝謝妳來這一趟。」

「不會……真要說的話，我這麼晚才來掃墓，實在是無顏面對母親。」

美世老實吐露自己一開始的心境，但義浪只是輕輕一笑帶過。

「不不不，這點妳大可不必擔心，澄美是不太會拘泥這種瑣事的個性。只要妳能開朗地笑著、好好活著，她應該就很滿足了。」

「這樣的話就好……」

美世再次轉頭望向那塊靜靜佇立在墓園裡的墓碑。

事到如今，她已經無從得知澄美是怎麼看待齋森家和美世的父親。對澄美來說，長眠於齋森家的墓碑之下，也不知道究竟是不是幸福的一件事。

（母親，我最喜歡您了，感謝您一直如此疼愛我。）

不過，母親確實深愛著美世。

生下美世，將她撫養長大。儘管時間不長，仍在身邊伴她成長——對美世來說，這是一段極為幸福的時光，但願澄美也跟她有著相同的感受。

而美世也希望自己能跟母親一樣。

清霞，以及或許會在將來某一天誕生的孩子，倘若守護、愛護家人，便是她最大的幸福，那麼，便沒有比這更令人欣喜之事。

溫暖、慈愛的情感洋溢在心中，讓美世自然而然展露微笑。

美世在齋森家的墳前祈禱時，清霞一直靜靜陪伴在她的身旁。最後一次向母親表達感謝後，她和這樣的清霞一同踏出步伐。

接著，一行人又依序到久堂家和薄刃家的墳前膜拜，才踏上歸途。

「那麼，我們就先行解散，晚點再會合，這樣可以嗎？」

聽到新的確認，清霞和美世點頭表示同意。

在這之後，薄刃家將舉辦一場賞花晚宴。

薄刃家的腹地裡種著一棵美麗的櫻花樹。這場宴會的目的，除了像字面上那樣設置筵席賞花以外，似乎還包含了提前恭喜美世和清霞成婚，以及慶祝新康復出院的用意在內。

美世沒聽說提議人是誰，不過，既然會場選在薄刃家的宅邸，或許是義浪也說不定。宴會從傍晚開始。美世打算親手做些餐點帶過來，也已經在家中廚房事先處理好一部分的食材。

「久堂少校，如果你真的有什麼心虛的事隱瞞著美世，請在傍晚前做個了結喔。」

「囉唆，用不著你多嘴。」

聽到新以鼻子哼笑一聲提醒，清霞的額頭上浮現青筋。

一陣令人心曠神怡的風吹來。周遭林木被吹得沙沙作響，彷彿是森林裡剛抽出嫩芽的新生命正在對著一行人絮絮叨叨地說話。

聽著清霞和新的對話，美世有種終於從各種糾結纏繞的思緒中解放、神清氣爽的感覺。

一如當初的預定，在接近傍晚的時刻，美世和清霞一同踏出家門。

離開禁區返回家中後，美世稍做休息，便馬上開始下廚，由里江也在一旁幫忙。

也因為這樣，她順利以各式菜色填滿了四層設計的巨大日式便當盒。

雖說這是一場只有熟人參加的聚會，但人數感覺還不少，光是這個四層便當份量一定不夠。不過，薄刃家那邊似乎也會提供大量餐點，所以不需要擔心。美世準備的餐點，感覺比較像是伴手禮，或是額外追加的菜色。

美世捧著以包巾包裹住的便當盒，和由里江一起坐上轎車後座。

「好期待呀，美世大人，我不知道多久沒有賞花了呢。」

「是，我也是第一次參加賞花宴會，所以真的很期待呢。」

由里江也受邀參加今天的賞花晚宴，兩人都相當期待今晚的宴會。

由清霞駕駛的轎車在帝都大道上前進，最後停靠在「鶴木貿易」公司腹地內部的空地。他已經事前跟新取得將車子停放在此處的許可。

三人沒有踏進鶴木貿易的建築物內部，而是朝位於後方的薄刃家走去。

「歡迎，我們恭候多時了。」

出來迎接的新恭敬地朝三人一鞠躬。一如剛和美世相遇時那樣，他臉上掛著親切的笑容，一舉一動也十分優雅。剛才在奧津城時亦是如此。

在先前的甘水叛變行動中，身處複雜立場的他，最後扛起了殺害甘水的罪責，同時身受重傷。

甘水是濫用異能為非作歹的罪人，而制裁這樣的異能者便是薄刃家的職責。

也就是說，為了阻止甘水，即使新奪走他的性命，也是基於職責而為，實際上並不會被問罪。

不過，他的身心也確實因此受創。

美世一直很擔心這樣的新，所以在他住院時頻繁前去探望，像這樣有機會見面時，她也總忍不住細細觀察新的狀況。

（不過，新先生他……看來沒問題呢。）

新是能夠好好把持住自我的人，應該說，比起跟甘水有所往來的那陣子，現在的他更給人一種揮別陰霾的感覺。

這點美世或許也一樣。

目睹甘水死亡的瞬間、面對他死去的事實，經歷這些之後，要說自己內心沒有蒙上一層陰影，恐怕是騙人的。

不過，比起甘水的事，薄刃家至今背負的各種問題，終於能獲得解決、終於能看見解決的一線曙光了——在美世心中，這樣積極正面的想法更為強烈。

「那個……新先生，請收下這個。」

看到美世遞過來的便當盒，臉上笑意變得更深的新，以柔和的動作接了下來。

「謝謝妳，大喜之日將近，妳一定也很忙吧。不好意思，還讓妳花時間做這些。」

「不會，對我來說，做菜是很好的放鬆方式，所以我很喜歡下廚。應該說，我的手藝想必比不上薄刃家的廚師，總覺得很難為情呢……」

「哈哈哈，如果是妳親手做的料理，我們隨時都很歡迎喔——宴會大致上也準備得差不多了，請各位現在就到院子那邊去吧。」

新將美世交給他的便當盒揣在懷裡，走在前方領導一行人從玄關走向院子。

隨後，被渲染成一片淡紅色的巨大樹木，隨即占滿了眾人的視野。

看上去大概是半開，還稱不上盛開。不過，為枝頭整體增添色彩、在各處綻放的小巧花朵，既美麗又惹人憐愛。

看樣子，應該再過幾天就會迎來花朵盛放的時期了吧。

「好美呀……」

這就是母親還在這個家中生活時眺望到的景色。看著眼前的櫻花樹，美世深受感動。

外觀高大挺拔的這棵櫻花樹，想必是樹齡相當高、歷史久遠的老樹。

希望種在美世和清霞家中庭院裡的那棵櫻花樹，日後也能像這樣茁壯成長——這棵樹讓人不禁懷抱起這樣的夢想。

「這棵櫻花樹很美呢。」

一旁的清霞也感嘆地輕聲開口。

氣氛開始變得有幾分寂寥，不過，接著現身的客人打破了這樣的氛圍。

「晚安，哎呀，我們是不是來得有點遲？」

在薄刃家傭人的引領下，葉月、正清和芙由踏入庭院裡。

「姊姊。」

「美世妹妹！妳今天的穿的這襲和服好漂亮呀，是很適合賞花的櫻粉色呢。」

「謝……謝謝您。」

葉月坦率又直接的誇獎，讓美世害羞地垂下頭。

她今天穿的，是清霞去年一開始送她的和服之一。是她特別中意、跟母親的遺物相似的櫻粉色和服。

美世之前也穿過這件和服一次，但之後因為季節不合，一直沒有機會再次穿上。

插在頭上的髮簪，則是她最近才收到的禮物——一支以精緻的縮緬花朵妝點的髮簪。聽到這樣的打扮被誇獎，雖然令她害羞，但也開心不已。

「嗨，清霞，你過得好嗎？」

看到正清帶著別有含意的笑容靠近自己，清霞的臉頰抽動了一下。簡短以「嗯」回應父親後，他便別過臉去。

看來，他似乎是為了美世的詛咒，而感到有些尷尬。

自己沒能發現美世遭人下咒，最後還被父親指出這個事實，或許讓清霞大受打擊吧。

「是嗎？那就好。」

而正清彷彿也能察覺清霞的心境，回應語氣中隱約帶點調侃的感覺。

「這裡就是薄刃家……嗯，整體的美感還不差。」

「媽，我們現在是來這裡作客，可以請妳不要用這種態度說話嗎？」

聽到芙由老樣子的傲慢發言，葉月不禁皺起眉頭。但芙由沒有表現出半點愧疚，只是以高高在上的視線望向葉月。

「妳這女兒還真是嘮叨，就是因為這樣，最後才會離婚不是？真丟人呀。」

「妳說什麼～！」

「岳父大人、岳母大人，許久未見了。」

像是要制止怒氣一觸即發的葉月那樣，剛抵達薄刃家的大海渡，從三人後方以正經八百的語氣出聲問候。

大海渡的登場讓葉月一時語塞，正清和芙由也將注意力轉往人高馬大，相當有存在感的他身上。

「征，好久不見，雖然有保持聯絡，但我們多久不曾這樣直接碰面了呢？」

「有多久了呢……過年時也未能前往拜訪兩位，我真的感到萬分抱歉。」

「不會不會，畢竟你家也有你家的顧慮，別太放在心上。」

從正清跟大海渡的對話，可以聽出久堂家跟大海渡家之間微妙的關係。

「老是讓各位站著聊天也不好——」

待對話告一段落，新準備領著眾人前往筵席設置的場地時，一陣「嘎啊！」的悽慘叫聲從玄關的方向傳來。

新隨即趕往玄關察看究竟。片刻後，身穿和服，看起來有氣無力的五道，以及令人意外的另一位賓客——像一般人那樣穿著時髦西裝的堯人踏進庭院裡。

「甚好的夜晚，熱熱鬧鬧的氣氛也很不錯。」

包括美世在內，在場所有人都慌慌張張地準備跪地致敬，卻被堯人開口制止。

「無須多禮。吾今晚不是皇子，只是薄刃家的客人，汝等放輕鬆享受吧。」

儘管散發出獨特而脫俗的氣質，但堯人的個性其實相當平易近人。聽到他這麼說，眾人才鬆了一口氣站好。

只有在這種關頭，總愛處處挑剔的芙由會變得安分一些。應該說，她舉手投足的動作，看起來完全是一名優雅的貴婦人。

（真不愧是婆婆。）

美世在內心對芙由肅然起敬。

「堯人大人，今天歡迎您大駕光臨。雖然寒舍提供的招待無法達到盡美盡善的程度，但還請您好好享受。」

聽到新這麼說，堯人以柔和的表情回應「吾會的」。

堯人剛現身時的緊張氣氛現在慢慢緩和下來，眾人再次一如往常地開始閒聊。

「剛才那陣慘叫聲是你發出來的嗎，五道？」

清霞朝低調地默默佇立在一旁的五道搭話。

「隊長……我沒聽說堯人大人今天也會來參加耶……」

「我沒跟你說過？」

「您沒說啊！剛才在門口跟堯人大人巧遇時，我嚇得腿都軟了！」

淚水在眼眶中打轉的五道忿忿不平地這麼說。因為他這副模樣實在太逗趣，在一旁聽兩人對話的美世不禁笑出來。

「美世小姐，這件事一點都不好笑呢。隊長真的太蠻橫不講理了。」

「呵呵，對……對不起……」

「喂，什麼蠻橫不講理，別把人說得這麼難聽。」

清霞惡狠狠地瞪著五道回應。

「要拌嘴是無所謂，不過，能請你們差不多就坐了嗎？畢竟堯人大人也在這裡。」

新介入這樣的兩人之間。被他這麼一說，三人才發現原本聚集在院子入口的其他賓客，已經開始朝設置在櫻花樹旁的桌椅，以及鋪在地上的野餐墊移動。

「對了，那傢伙今天也會來嗎？」

美世、清霞、五道和新一起踏出步伐後，五道這麼詢問身旁的新。至於他所說的「那傢伙」是誰，美世心中大概有個底。

似乎也明白五道所指對象是誰的新，露出苦笑回應：

「噢，你是指辰石家的當家吧？當然，我也有邀請他。他感覺很樂意前來參加，所以，應該只是會晚點到吧。」

「那個男人……我明明要求他要守時。」

聽到清霞的輕喃，五道以重重點頭的方式附和。

「就是啊！那傢伙真的很漫不經心！不過，因為那傢伙沒有軍籍，就算隊長以後不當隊長了，也會負責管教他對吧？我不用介入那傢伙的事情對吧？」

「……雖然非我本意，但既然已經收他做下屬，也別無他法了。」

「好耶！」

使盡全力表現自身欣喜之情的五道，果然是個有趣的人。

之後，在堯人帶領眾人乾杯前，姍姍來遲的一志終於現身，晚宴也正式開始。

薄刃家所準備的美酒佳餚全都是一流的高級品，端上桌的罕見西式珍饌，讓眾人吃得津津有味。

至於美世準備的餐點，雖然都是感覺比較不起眼的燉菜或醃漬品，卻意外大受好評。不知為何，男性賓客們甚至為此展開爭奪戰。

（好開心呀。）

跟親近的人們一起賞花，原來是如此令人雀躍的事情。

美世沉浸在這片令人感到舒適的喧囂中，細細品味和樂的氣氛。光是這樣，便讓她慶幸自己有來參加，也在內心默默感謝策劃這場晚宴的義浪和新。

◇◇◇

坐在上座品嘗美酒的堯人，靜靜眺望著所有宴會賓客臉上快活開朗的表情。

（對無法出席婚禮的吾來說，來參加今天這場晚宴正好。）

今晚，堯人之所以能「微服出巡」來參加宴會，必須歸功於大海渡從中牽線。

基於安全以及社會觀感的問題，堯人無法出席兒時玩伴清霞的結婚典禮。大海渡今晚會做此安排，或許也是顧慮到堯人這方面的感受吧。

儘管堯人平日總是努力克制自身的情感起伏，但周遭人們不經意的溫柔體貼，仍滲透至他的內心深處。

久堂家的正清、芙由、葉月，以及緊黏著葉月的旭，在享用豐盛餐點的同時，也少不了你一言我一句地鬥嘴。之後，大海渡也加入他們，一家子共享了片刻的天倫之樂。

五道和一志則是熱烈討論起工作和興趣等話題，並不斷替對方倒酒。儘管沒有明說，但兩人似乎已經建立起共識，打算來比試一下酒量。

美世和外祖父義浪、幫傭由里江一邊品嘗餐點，一邊和樂融融地聊天，新偶爾也會加入他們的話題之中。

大家一起賞花、享受美酒佳餚、盡興談笑。

堯人所期望的和平治世就在眼前。

「堯人大人，您會不會覺得無趣？」

這樣朝堯人搭話的是清霞。

方才還陪在美世身旁的他，不知何時已經來到堯人身邊。

「不會，光是在這裡眺望汝等，便是相當愉快之事。」

身為自己兒時玩伴的這名男子，從以前便是個超級大木頭。雖然他並非不懂得溫柔待人或體貼他人，但鮮少直接付諸行動。

像這樣特地過來跟堯人搭話的行為，換做是過去的他，能不能做到呢？

這麼一想，感覺還挺有趣的。堯人的嘴角罕見地坦率上揚。

「那就好。」

「汝現在倒是成了很貼心的男人啊。」

以調侃語氣這麼開口後，堯人原本以為清霞會板起面孔，但清霞看起來並不介意，只是以有些不解的表情回應「是這樣嗎？」

「倘若真是如此，或許是美世的功勞吧。」

而且，他甚至還能若無其事地說出這種話，這讓堯人再也忍不住笑意。

看到堯人輕輕噗嗤笑出聲，清霞不禁圓瞪雙眼。其他賓客也都瞬間沉默下來，對堯人投以震驚不已的眼神。

仔細想想，他確實許久不曾像這樣笑出聲了。

身為下一任天皇，以及統帥異能者、領導國家的存在，堯人一直都盡可能避免自己表現出激烈的情緒起伏。

他深信這是做為天皇、做為領導國家的人應有的姿態，這樣的信念也不曾動搖過。

（不過……）

儘管在場者的目光全數集中在自己身上，堯人仍不打算按捺打從內心湧現的笑意。

偶爾這樣也不錯。

堯人同樣擁有感情，只是平時不會表現出來罷了。更何況，無人會追隨沒有感情的領導者。

正因堯人擁有人心，百姓才願意信賴他。

「清霞。」

「是。」

「雖然有些早，但恭喜汝結婚。」

堯人帶著笑意簡短道出祝福，清霞也跟著露出笑容。

「非常感謝您，堯人大人。」

堯人舉起手中斟滿酒的酒杯，明白他的用意的清霞也跟著舉杯，兩人此刻再次乾杯。

為了祝福堯人獨一無二的摯友成婚。

◇◇◇

沒過多久，在眾人都帶著幾分醉意，餐點也約莫消耗掉一半，晚宴氣氛來到最高潮。

清霞離開喧囂的筵席，倚著圍繞薄刃家的圍牆，一邊品酒一邊賞櫻。

他原本就不太擅長應付過於熱鬧的社交場合。

雖然不討厭，但要是在這種場合待上好一段時間，他就忍不住會想找地方自己靜一靜。

「玩得還開心嗎，少校？」

片刻後，隱藏自身氣息的新悄悄朝他走來。

事到如今，這種事已經不會讓清霞動搖了，但他仍忍不住輕輕咂嘴。這名讓人無法掉以輕心的男子，不知道是第幾次讓他做此反應。

「還可以。」

過去，清霞參加賞花活動都只是為了應付令人厭煩的人際關係，因此從未留下什麼開心的回憶。

相較之下，今天的晚宴只有熟人參加，所以他也得以好好享受。不過，坦率對新道出感想，總讓他覺得不大爽快，因此清霞選擇了含糊的說法。

輕輕聳肩後，新跟清霞保持著兩個人的距離，和他一樣靠在圍牆上。

「……美世很擔心你。」

清霞淡淡道出原本就打算告訴新的事情。

雖然沒有跟美世深入討論過這件事，但他確實感受到未婚妻為自己的表哥擔心不已的心情。

眼前的新身為當事人，想必也早已察覺到這樣的事實，所以或許沒必要特地告訴他。不過，清霞認為讓現狀持續下去並不妥。

「真令人感激呢。有一個如此溫柔的表妹，我實在很幸福。」

「是因為你淨是做些讓美世擔心的事情吧。」

「哈哈，這點我不否定。」

新露出自嘲的笑容，然後微微抬起視線。

「那麼，你到底都在做什麼呢，少校？我發現美世身上有被下過咒的痕跡，而且是很粗劣的詛咒。發生什麼事了？」

「……」

「現在不是替他人操心的時候吧？聽到我指摘你偷腥時，你的反應也不太對勁。」

原來如此，這個男人是為了問清楚這件事，才刻意過來搭話嗎——清霞苦澀地想著。

總是面帶笑容、看起來和藹可親，卻絕不會放過別人露出破綻的一瞬間，他似乎完全恢復成過去那個讓人恨得牙癢癢的薄刃新了。

原本以為這個話題在奧津城時就已結束，看來新沒打算輕易放過他。

清霞不悅地重重嘆了一口氣。

「我白天時就已經說過了，我絕沒有偷腥。只是……」

「只是？」

「我先前遇到一個自稱是美世小學同學的女人，然後被她糾纏了一會兒，就只是這樣而已。」

「你說的糾纏，是對方有事相求而纏著你，還是肢體接觸的那種糾纏？」

「……兩者都有。」

「那還真是……嗯……原來如此。」

雖然看不到自己臉上的表情，但清霞覺得自己現在八成垮著一張臉。朝他瞄了一眼的新露出無奈笑容。

「感覺是一場災難呢。所以，你沒有偷腥，只是因為跟美世以外的女性有了肢體接觸，才感到幾分心虛，連帶地反應也變得奇怪。」

聽到新接下來那句「少校，我從以前就一直覺得你挺純情呢」，清霞內心稍稍湧現了殺意，他總覺得新好像把自己當傻子看待。

「你有跟美世說這件事嗎？」

「說了。」

一如他在禁區時表示「之後會跟美世解釋」，回到家之後，清霞隨即向美世報告他在值勤所遇見自稱美世小學同學，名為長場君緒的女性一事。

雖然表現出驚訝的反應，但美世並未因此動搖，平靜地聽清霞說明事情原委。

當然，在解釋完畢後，清霞還不忘向美世賠罪；但美世表示自己完全不在意，要清霞別放在心上。

她這樣的反應，其實也讓清霞感到幾分落寞就是。

『如果只是誤會一場，我這麼說感覺對君緒小姐很過意不去，但是……我想，施加在我身上的那個詛咒，或許跟君緒小姐告訴我的「咒語」有關。』

感覺真的不在意清霞和其他女性肢體接觸的美世，看起來似乎有其他更牽掛的事情。清霞試著追問，結果得到了這樣的答案。

清霞把這件事告訴新。

「咒語……」

「嗯，我聽美世說過詳細情況，感覺錯不了。」

清霞聽美世一五一十地道出君緒告訴她的那個咒語的內容。

以說故事的方式散播的咒語很罕見，但並非完全不存在。這是外行人也能輕鬆施展的簡易咒語，因為簡單，效果也很微弱而不持久，頂多只能維持幾天時間。

真的可以說是純粹好玩的東西。

因此，清霞無法確定長場君緒是否真的有意要加害美世，就算有，也不明白她為何要這麼做。

（不過，為什麼呢……總覺得放不下心。）

再過幾天，就是清霞與美世的大喜之日。他希望自己能毫無後顧之憂地迎接這一天，但內心卻老是有種不安的感覺在打轉。

「少校？」

「我總有種不祥的預感，希望只是我多慮罷了。」

聽到新詫異的輕喚，清霞坦率道出此刻的感覺，畢竟隱瞞也沒有意義。

能提高警戒的人多一個是一個。畢竟，倘若又有人，而且還是異能者或術師在背地裡圖謀不軌，薄刃也無法坐視不管。

「真難得看到你這麼沒自信的樣子。」

「……沒這回事。」

然而——

清霞並非沒有自信。只是，在想守護的東西變得明確後，他的內心因此萌生比過去更為強烈的恐懼感。

這或許也是甘水的影響。那般水準的異能者，要是採取更狡猾、更周全的行動，他就有可能無法好好保護住美世。這樣的不安開始在清霞的腦中縈繞。

當然，像甘水那樣強大的敵人屈指可數。

他的異能，可說是專門用來欺瞞、擊垮異能者——亦即人類的能力——是比薄刃一族的任何人都更貼近薄刃的異能。正因如此，皇室、國家，甚至是甘水隸屬的薄刃家，在他光明正大現身、開始為所欲為之前，全都拿他沒有辦法。

對人類來說，這樣的他是最難纏的對手。

這就是名為甘水直的男人。

不過，在他已經死亡的現在，國內恐怕沒有能出其右的異能者。

至少，已經確實向國家登記身分的異能者之中，不存在這樣的人物；而未登記的異能者，也不太可能擁有這般強大的力量。如甘水所言，現在這個時代，是異能者和擁有見鬼之才的人難以生存的時代。擁有特殊體質，跟大多數人類不同的他們，一旦現身馬上會被發現。

能力頂尖，卻能一直維持未登記狀態的異能者，幾乎可以說是不存在。

（就算這麼說服自己……也無法拭去內心的不安啊。）

清霞不知道還會有什麼樣的威脅出現，也無人能保證美世不會再次被盯上。

透過甘水叛亂一事，他終於體會到這一點。

「我絕非沒有自信。辭去軍職之後，便無法再以鬆懈的心態過日子，所以我正在努力提高警戒。不過是如此而已。」

「這樣啊。」

清霞捧著已經空了的酒杯，抬起原本倚在牆上的身子。

「少校。」

「怎麼？」

聽到新的呼喚聲，清霞轉頭，看見新露出充滿自信的笑容。

「去年，我們約好要再次交手對吧？這件事要在你的結婚典禮之前，還是之後做個了結？」

這個出人意表的發言，讓清霞不禁屏息。

對了。初次造訪薄刃家時，清霞一度和新對峙，然後落敗，印象中，新確實對他說過「下次，在雙方都做好萬全準備的情況下再打一次吧」這種話。

清霞完全忘了這回事。

（事到如今……又或者，正因為是現在？）

新筆直望向自己的那雙眸子，彷彿在質問「你真能好好守護美世嗎？」他像是企圖以透出熊熊鬥志的眼神，窺探清霞的內心深處。

他在試探清霞，在挑戰清霞。

兩人的視線相對片刻。這樣一觸即發的瞬間，以往也曾出現過。新總是以沉默的視線質問清霞的行動，現在，或許是他最後一次這麼做了吧。

身為一名劍士，清霞其實也不願維持戰敗的紀錄，然而——

「我——」

「開玩笑的。」

對清霞投以彷彿能貫穿他的犀利視線的新，率先收起了自己的殺氣。

原本以為兩人真的會再次交手而繃緊神經的清霞，不禁有些錯愕。不過，發現新的眼神已經從自己身上移往身後的他，也順著這樣的視線望去。

「老爺，我是不是打擾兩位了？」

美世背對著在微風中搖曳的夜櫻，以戰戰兢兢的表情窺探著他們。

身穿櫻粉色和服，整個人彷彿和背景的櫻花融為一體的她，真的十分美麗。

除了纖細、嬌弱的美感，比一年前更加堅強、更有存在感的她，看起來比任何人都來得楚楚動人。

「不。」

簡短回應後，清霞不由自主地朝她走去。

一瞬間，他感覺自己彷彿像隻被芬芳花朵吸引的蜜蜂。身為男人，此舉可說是不成體統。

不過，這樣也沒什麼不好。

「不會打擾，我馬上過去。」

清霞手邊沒有鏡子，所以無法看到自己的臉，但此刻，他想必露出了放鬆的表情。一定是個無論在誰看來，都很沒出息的表情。

「……就算再次交手，也沒有意義啊。」

新的輕喃乘著風傳入清霞耳裡，他選擇裝作沒聽到。

今後，新想必不會再跟清霞下戰帖了吧，因為這麼做的必要早已不復存在。

（我們彼此都在往前進。）

執著於戰鬥已經沒有任何意義，接下來，只能頭也不回地持續往前。

清霞來到美世面前。

這一年以來，氣色著實變得比較好，也不再像過去那樣骨瘦如柴的美世，白皙的肌膚透出淡淡嫣紅。

「老爺，這是我第一次賞夜櫻，所以想跟您一起看。」

「嗯，我們一起看吧。」

在煤氣燈照耀下，薄刃家的庭院呈現出恰到好處的明暗之美。夜晚的黑和櫻花的紅相映生輝，交織成一片極為夢幻的景色。

「啊！對了，詛咒的效力好像減弱了呢。」

美世像是突然想起什麼似地開口。的確，「這是我第一次賞夜櫻，所以想跟您一起看」這樣的發言，並不帶任何負面的感覺。

「太好了，妳最後平安無事。」

像是碰觸易碎物那樣，清霞溫柔地攬住美世嬌小的肩頭，將臉埋進她的髮絲裡。一股淡淡的甜美香氣跟著竄入鼻腔，在心中滿盈。

「真……真是的！老爺，大家都在看呀……！」

看著耳朵紅通通的美世扭動掙扎的模樣，清霞噗嗤笑出聲。

「那麼，沒人在看就行了嗎？」

「您……您您您為什麼要說這種話呢！」

直順的烏黑長髮、黑黝黝的眸子、光滑的臉蛋、小巧的唇瓣，愈是盯著這樣的美世看，清霞愈是加倍感到愛憐。心中的滿滿情意，濃烈得不斷溢出。

他回想起美世最初那個宛如花朵綻放般的微笑。

當時的他，絲毫沒想過自己竟然會深深迷戀名為齋森美世的少女到今天這種地步。

他那時所懷抱的感情，儘管比現在來得薄弱許多，但確實是一種「愛戀」沒錯。因此，兩人或許是打從那時開始，便註定要發展成今天的關係。

「美世。」

被清霞附在耳畔輕喚名字的她，這次沒有害羞躲開，而是抬起一雙有些埋怨，卻也充滿情愛的眸子仰望他。

「我能觸碰妳嗎？」

「您已經在碰了……」

「不，我想要更多，不是在這裡，而是之前那一晚的延續——」

要是明說了，感覺好像把自己的欲望赤裸裸坦承出來，讓清霞有些猶豫。不過，他想表達的意思，似乎已經確實傳達給美世。

又或者，現在的她，已經不是那麼純樸無知的小女孩。

美世移開視線，輕輕點頭的模樣，簡直令人愛憐到瘋狂的程度。

（我真的是樂昏頭了，實在丟人啊……）

要是有人能窺見清霞這陣子的腦內世界，想必會感到幻滅，甚至鄙視他吧。

「可是……」

羞紅雙頰的美世再次抬頭望向他。

「能……能請您等到我們成婚之後嗎……？」

「那當然，這點程度的良知我還有。」

這麼回答後，清霞猛然察覺一件事。難道自己的表情，看起來飢渴到甚至會讓美世懷疑他有沒有良知嗎？

（得自重一點了。）

他可無法忍受自己被美世當成下流又猴急的男人，仍不願將攬著美世肩頭的手放開的清霞，在內心默默反省起來。

◇◇◇

這天的天氣很好，高掛在空中的輕薄雲朵讓灑落的春日陽光更顯和煦。

在太陽開始西斜、接近傍晚的時分，將曬在外頭的衣物收進屋內後，美世來到清霞所在的客廳。

今天，是結婚典禮的前一天。

到了明天，美世和清霞終於能結為夫妻，她會從齋森美世變成久堂美世。

不用說，她完全靜不下心來，只有埋頭做家事才能讓自己的內心保持平靜。

（不過，感覺也不光只有緊張呢……）

難以形容的不安和躁動。面對即將到來的大喜之日，除了緊張的情緒以外，這幾天以來，一直有種奇妙的預感在美世內心打轉。

（這是為什麼呢？）

為了迎接明天的婚禮，清霞也從今天開始請了幾天休假，待在家養精蓄銳。然而，眺望著外頭景色的他，看起來似乎也有些心不在焉。

（難道老爺也跟我一樣？）

只是，要把自己心中這股曖昧又模糊不清的預感化為言語道出，實在太困難了。就算想和清霞商量，總覺得自己也無法好好表達，因此美世並沒有說出口。

既然無法理解內心這種奇妙的感覺為何，也只能試著表現得一如往常了。

美世朝清霞搭話。

「老爺，您晚餐想吃點什麼呢？」

「這個嘛……」

看似並非完全在發呆的清霞，緩緩將視線移向美世。

「為了替明天做準備，我們吃點有飽足感的東西吧。」

看到清霞原本木然的表情變得柔和一些，美世暗自鬆了一口氣。

儘管內心的不安沒有消失，但清霞的笑容總是能讓她感到安心。

「我明白了。那麼，我會煮很多白米飯，也會準備很多配菜！」

清霞朝這麼鼓起幹勁的她點點頭。

明天早上，就是美世最後一次以未婚妻的身分下廚了。不過，要是早餐做得太過豐盛，恐怕也無法全數吃完吧。

所以，在今晚，她想準備量多到吃不完、餐桌擺不下的豐盛菜色。

（吃得飽飽的話，心中的不安或許也會消失。）

不過，在美世幹勁十足地準備前往廚房時，一個小巧的白色物體從窗外飄進室內。

「式神？——是小隊發過來的。」

清霞一把揪住漂浮在半空中的式神，確認發送的術師。

下一刻，這個聯絡用式神流暢地開口說話。

「隊長，有緊急狀況。收到這個聯絡後，請您立刻趕來值勤所……我們發現了相當危險的咒物，光憑我們，實在無能為力。」

美世記得這個嗓音，應該是曾跟她見過幾次面的對異特務小隊班長百足山。

儘管百足山的語氣一如過去那般冷靜，但就連美世都能察覺到蘊含在其中的急切心情。

清霞隨即付諸行動。

他毫不猶豫地俐落起身，為了做出門準備而快步返回自己的房間。

看著這樣的他，美世只能茫然佇立在原地。令人不適的心跳聲持續從胸口傳來。

不過，美世也在下一刻回過神來，然後轉身走向廚房。

既然是緊急狀況，清霞也打算馬上趕往值勤所的話，他恐怕會拖到很晚才能吃晚餐。

（能讓老爺盡快填飽肚子的東西……）

她原本接下來才要開始準備晚餐，因此廚房裡沒什麼現成的餐點。雖然有午餐吃剩的炒青菜、醃漬小菜和冷掉的白飯，但看來是沒時間慢慢將它們加熱了。

這種關頭，沒辦法要求太多。

美世將中午吃剩的菜色全都裝進便當盒裡，再勉強蓋上外蓋，以包巾包起來。

「老爺。」

返回客廳後，她剛好遇見已經換上軍裝、做好出門準備的清霞，他的一雙淺色眸子透出淡淡的哀傷。

他緊抿線條優美的嘴唇，眉心也擠出皺紋。

「抱歉，美世。我會盡量早點回來。」

「不，請您不要道歉。」

美世搖搖頭。她得以堅定的態度送清霞出門才行，不能讓他在這種關頭還得顧慮自己。

「請您工作加油。如果能抽出時間的話，請用這個果腹吧。」

「謝謝。」

一如以往出門上班前那樣，清霞小心翼翼地接下美世遞過來的便當盒。明明是每天早晨都會上演的光景，此刻，美世心中的躁動不安卻無法平息。

「雖然便當菜只有中午吃剩的餐點，讓我很過意不去……」

「無妨，能補充體力我就很感激了。」

不知是不是夕陽照耀的緣故，美世總覺得清霞的微笑帶有一抹不安。

（不要緊，不要緊的。要是我表現出不安，會妨礙老爺執行職務，所以我一定得冷靜下來。）

就算是緊急狀況，清霞也不見得必須在值勤所逗留很久。這一年以來，類似的狀況其實經常發生，而且多半意外是馬上就能解決的問題。

即使今天是結婚典禮的前一天，也沒什麼好焦急的。

「請您路上小心。」

「嗯，我出門了。」

以一如往常的話語送清霞出門後，看著朝玄關走去的他的背影，一股坐立不安的感覺襲向美世。

「老爺。」

她開口呼喚，清霞也隨即停下腳步。

「請您……不要受傷，也不要做出危險的行為喔……我會在家裡安分等您回來。為了讓明天的結婚典禮變得更完美，我會確實做好心理準備，等您回來。」

美世不自覺地劈哩啪啦說完這一長串話。她感覺心跳不斷加速，甚至無法好好呼吸。

其實，她一點都不想和清霞分開。她想跟他一起平穩地度過今晚，一起迎接明天的大喜之日，然而，現實不允許兩人這麼做。

明明不應該傷心難過，她卻覺得眼角有些溫熱。

身為清霞的未婚妻，以及即將成為他的妻子的女性，要是現在掉眼淚讓他感到困擾的話，可是相當糟糕的行為；為了不讓淚水溢出，美世緊緊咬牙，垂下眼簾。

緊緊握拳的手，掌心發燙得像是在燃燒。

「美世。」

不知何時，清霞走回美世跟前，溫柔拾起她握成拳頭的手。

「放心吧，我絕不會做出會對結婚典禮造成影響的行為。因為，我可是比任何人都期待明天到來。」

「是。」

「我想趕快和妳結為夫妻。」

——所以，我會馬上結束工作，回來這個家。

清霞堅定的語氣，讓美世眼眶裡的淚水徹底消散。

「是的，我也是。」

她露出發自內心的笑容，朝清霞點點頭。

即使清霞已經駕車出發，美世仍在玄關遠眺著他離去的方向，直到再也聽不見引擎聲為止。

內心的不安果然沒有完全散去。

一直盤踞在腦內一角的不祥預感，以及內心的躁動情緒，或許都是源自於這件事。

但比起這些，她相信清霞的心意更為強大，即使清霞不在身邊，這樣的心意也像他的臂彎那樣支撐著美世。

「老爺，明天必定會成為我此生中最幸福的日子。」

晚風颼颼吹來，既溫暖又寒冷的這陣風，催促美世抬起沉重的腳步返回屋裡。

她不能一直停留在原地。

為了讓清霞隨時能回來用餐，她在廚房準備了大量的餐點。一如清霞的要求，她準備的都是很有飽足感，份量多到兩個人吃不完的菜色。

四杯米煮成的白米飯。

將大鍋子裝得滿滿的燉煮根莖類蔬菜、料多味美的豬肉味噌湯、簡單以鹽巴調味的烤魚、炸日式天婦羅以及炸豆腐。

把蒸熟的馬鈴薯磨成泥做成可樂餅；雞蛋不是做成日式煎蛋，而是跟切碎的洋蔥一起打散，煎成鬆軟的蛋包。

美世一股腦兒地埋首做菜，並將其一一盛進大盤子裡，動作完全不曾停歇。在她完成份量多到小茶几幾乎放不下的餐點時，太陽已經完全西沉，外頭變得一片漆黑。

「已經這麼晚了呀……」

雖然沒有其他人在，她仍忍不住這麼輕喃。點著燈的客廳裡，瀰漫著大量熱騰騰餐點散發出來的迷人香氣。

換做是平常的話，她會自己先吃過晚餐，不會特地等清霞回來。

（可是……）

今晚要獨自進食，讓美世感到猶豫又提不起勁，她完全沒有拿起筷子的欲望。

眺望了擺放在眼前的晚餐片刻後，美世緩緩起身，拉開一旁的日式拉門，來到外頭的簷廊上。

仍帶著寒意的晚風吹來，抬頭仰望靛黑色的夜空，可以看見從雲層後方透出的朦朧月色。

美世閉上雙眼，用力呼吸春天的空氣。在數度深呼吸之後，她默默返回客廳，拿起筷子。

趕快吃完晚餐，然後早點去睡吧。為了明天，得好好儲備體力才行。

儘管費了好一番功夫準備，這頓飯卻讓她吃得索然無味。少了總是坐在對面的他，讓人靜不下心來。

就這樣，美世一個人度過了婚禮前一日——到頭來，直到早上，清霞都未能返家。

第四章　夫妻之誓

「怎……怎麼會……我什麼都不知道！這麼可怕的東西……！」

清霞眼前的女子吶喊著，表情也因恐懼而僵硬不已，她——長場君緒顧不得盤好的頭髮會因此弄亂，只是一味拚命搖頭。

在一旁以睥睨眼神望著她的，是臉上寫滿憤怒和厭惡之情的男子——長場。

被夜色籠罩的長場家庭院，這片混亂的光景，在面對庭院的走廊上演著。

清霞將視線從這對男女身上移開，望向建在院子裡的一座古老倉庫。

以灰泥打造的白色外牆，以及傳統的黑色屋瓦構成的這座倉庫，在朦朧月光照耀下靜靜佇立。

本應美如畫的這片庭院景色，現在卻有超過十名的對異特務小隊隊員團團包圍倉庫，再加上不停來回穿梭的長場家成員，氣氛相當緊迫。

還不只是這樣。

在這一刻，猙獰而詭異，讓人打從骨子裡發寒，讓人類發自本能感到恐懼的氣息，不斷從倉庫內部流竄出來。

「換班時間到了！」

「術法有些紊亂，處理要更慎重一點！」

「有空的人趁機會休息一下，吃點東西。」

在幾乎跟戰場沒兩樣的緊繃空氣中，隊員們的高聲提醒斷斷續續傳來。這樣的聲音也傳到走廊上，讓氣氛變得更加劍拔弩張。

「還想狡辯！這陣子曾經出入那座倉庫的人，不就只有妳嗎！」

這麼對君緒怒吼的長場，激動到口沫四處飛散。清霞將視線移回走廊上，發現君緒眼中滿是怯懦，以及無止盡的恐懼神色。

「不……不是……不是我……我不知道，我什麼都不知道。」

君緒只是一股腦兒地搖頭。儘管這副模樣看起來相當可悲，但似乎仍無法讓她的丈夫內心浮現一絲同情或憐憫。

接獲報告後，清霞在剛入夜時造訪了長場家。

除了負責指揮的百足山以外，原本留在值勤所處理各項事務的五道也已經抵達長場家，現場充斥著緊張感和一股駭人的妖氣。

『錯不了的，隊長——那東西……那個咒物是土蜘蛛的腳。』

這麼向清霞報告的五道，徹底收斂起平時那副輕佻的表情和態度。

事件始於前幾天。接下長場家的調查委託後，小隊派遣隊員前往處理。

——長場家的家人，不斷重複有如野獸的奇特行為。

根據這樣的情報，隊員們初步判斷可能是低階動物靈在作祟。抵達長場家後，他們確實發現長場的母親被力量不算強的動物靈附身，並順利將其驅除。

然而，過不了幾天，長場的母親又開始做出詭異的行動。

接獲報告後，五道再次派遣隊員前往長場家。為了避免相同情形不斷上演，他交代隊員們，倘若是被害人的體質因素導致，就指派適當人選針對這方面進行改善；如果另有其他原因，就視情況加以處理。

這是在今天下午發生的事。

幾小時過後，事態急轉直下。

『倉庫裡有個散發出高度危險氣息，看起來像是咒物的東西——』

在長場家持續進行調查的隊員捎來這樣的聯絡後，身為班長的百足山火速趕往現場。

踏進陽光照射不到的倉庫內部，目睹隊員們在報告中提到的東西後，他感覺全身上下的毛孔在瞬間冒出冷汗。

巨大得必須以雙手環抱的木箱裡頭，放著一支昆蟲的腳。不是普通的昆蟲，而是異形——而且還是體型格外巨大的個體被砍下來的一部分的腳。

如果只是這樣倒還好。但除此之外，倉庫內部還充斥著強烈妖氣，或說是異形之力的氣息。就連多次以異能者的身分踏上戰場、經驗老道的百足山，都不停冒出冷汗，整個人也止不住顫抖。

在一瞬間理解眼前的物品有多麼危險後，他隨即以式神聯絡人在值勤所的五道以及休假中的清霞。

像這樣的咒物，因為太過危險，只能隔著箱子勉強接觸。若是直接碰到了，就會像過去奧津城的怨靈那樣，不是被咒術，而是直接被單純的「詛咒」汙染靈魂。

即使放在箱子裡，想移動這個東西依舊很困難。無計可施的情況下，眾人最後決定當場加以封印。

趕到現場的清霞，發現百足山等人已經開始進行封印處理後，便把這個工作交給他們，在聽完五道的報告後跟長場夫妻當面對質。結果便是眼前這樣的狀況。

「長場大人，我想整理一下目前已知的情報，請您先說明事情原委，要吵架之後再吵吧。」

「嘖！」

被清霞以再自然不過的發言介入夫妻之間的長場，很沒品地狠狠咂嘴。

實際上，清霞也無法把時間都耗在這對夫妻身上。封印作業由四人一組進行，而且必須在經過一定時間後換班，那個咒物便是如此強大的東西。考量到進行封印的隊員們體力所能負荷的極限，清霞也必須加入換班的行列才行。

儘管如此，長期戰恐怕還是免不了的。

「我真的……真的不知道什麼咒物！請您……請您相信我，隊長大人。」

君緒揪住清霞的軍裝下襬，哭成淚人兒哀求他。

「不過，把那個木箱放進倉庫裡的人的確是妳，這點沒有錯吧？」

「這個……」

「我已經聽過幫傭們的證詞了。不老實交代妳是從哪裡弄來那個木箱的話，我們會很傷腦筋。」

此刻，清霞對君緒的辯解完全沒興趣，也覺得那沒有半點價值。

倉庫裡的咒物——偏偏還是以那個「土蜘蛛腳」打造而成的咒物，究竟是由誰運送到此處？清霞必須弄清楚的只有這一點。

（當初，那傢伙的心臟確實停止跳動了……只要「那個」還刺在牠身上，那傢伙應該不會再動，也無法動起來才對。）

土蜘蛛，在這個國家還採行武家政權制度時，便已經出現在世上的強大異形。牠正是讓五道父親殞命、讓清霞竭盡所能與其對峙，最後成功封印，有過一段過往的強勁對手。

些許的焦躁感湧上心頭。不過，因為一旁有人比他更加煩躁、憤怒，清霞也不好表現出來。

「讓術法穩定下來！只要稍微輕忽，先前建構起來的術式就會全盤瓦解！」

那個人的高聲指示迴盪在院子裡。無論眼前出現什麼樣的強敵，他——五道總會以一如往常，有幾分懶洋洋的態度對應。

沒錯，無論是什麼樣的強敵，除了那頭異形——「土蜘蛛」以外。

儘管看起來很鎮定，但現在的五道其實已經失去應有的冷靜和從容。因此，聽到他俐落又近似怒吼的號令，隊員們甚至流露出害怕的神色。

（他那樣反而會讓隊員們緊繃過頭啊。）

不過，畢竟這次的目標物非同小可，如果隊員們因為這樣而一刻都不敢大意，倒也不是什麼問題。

「快說吧，接下來有可能演變成分秒必爭的狀況。」

清霞撥開君緒揪著自己衣襬的手，冷淡地開口要求。君緒先是肩頭狠狠一震，接著才終於開了金口。

「之前，有一位旅行的僧人……造訪了這個家。」

「僧人？」

「是的，他頭戴斗笠、手持錫杖……身上也披著法衣和袈裟。不過，該怎麼說……他整個人散發出一種詭異又不祥的氣息。」

「然後呢？」

聽到清霞追問，君緒以顫抖的雙手掩面。

「那位僧人說他能實現我的願望。只要讓自己憎恨的對象稍微觸碰到木箱裡頭的東西就好……此外，光是把木箱放在家中，就能提升咒語的成功率，所以他要我試著這麼做。但他也有交代我絕不能自己去碰觸那個東西。」

所以，我就讓平常總是對我刻薄又惡劣的婆婆碰了木箱裡的東西——君緒坦白地說。

聽到這裡，清霞覺得一切都說得通了。君緒所說的咒語，恐怕就是她先前施加在美世身上的東西。那並非什麼強力的咒術。真要說起來，以說故事給對方聽的方式下咒，而且施咒者還是個外行人，這樣的咒語會奏效原本就是很弔詭的事情。

不過，這個微弱的咒語被「土蜘蛛腳」的力量強化，對美世起了作用。

清霞開始對眼前這個女人湧現近似於殺意的怒氣。

「妳知道那個僧人往哪裡去了嗎？」

清霞按捺著內心的激動情緒詢問，但君緒只是噙著淚水，搖搖頭回以「我不知道」。

看來，無法從她口中得到更多情報了。

這麼判斷後，清霞以犀利的視線依序望向長場和君緒。

「相關處置之後就會下達，還請兩位不要輕舉妄動。要是你們又做出什麼可疑的行為，屆時恕我無法寬待。」

「請……請等一下！我……我會被定罪嗎？這怎麼……怎麼可以……您會幫我對吧？我什麼都——」

「真煩人，妳多少也反省一下自己的作為、看清楚現況如何？決定如何處置妳的人不是我，妳就該謝天謝地了。」

語畢，清霞頭也不回地走向庭院。他沒再望向君緒那雙開始靜靜地醞釀恨意的空洞眸子。

不知不覺中，太陽已經高高升起，春天平靜而溫暖的空氣也開始籠罩這一帶。

原本被朝霞遮掩的天空徹底放晴。對於徹夜未眠的人來說，蔚藍到讓人看了心曠神怡的寬廣天空，此刻顯得相當刺眼。

清霞吐出一口氣，移開原本遠眺藍天的視線，轉頭望向身後的大型倉庫。

在施加重重封印後，讓人汗毛直豎的駭人氣息慢慢減弱，但強大力量遺留下來的餘波蕩漾，仍瀰漫在周遭區域。

封印作業從昨天的入夜時分便開始進行，至今已經耗掉眾人半天以上的時間。

隊員們的臉上明顯浮現疲憊神色，動作也開始變得遲鈍。

到了休息時間，長場家的幫傭們不停為他們送上餐點、飲料和毛巾等物資，忙碌地來來去去。

再撐一下，封印就能完成。

不過，在作業結束後，還得把土蜘蛛腳護送到適合安置的場所才行。

「隊長……封印馬上就要完成了，您還是先回家比較好。」

這麼朝清霞搭話的，是臉上也透出幾分倦意的五道。

雖然還不到累垮的程度，但清霞的身體其實也開始有些吃不消。儘管如此，他完全沒想過要自己一個人先行撤退。

他望向一反平日作風、緊皺著眉頭的下屬，然後搖搖頭。

「不，我不能離開現場。」

「可是！今天是您的結婚典禮耶！美世小姐現在想必很不安呢。身為新郎，難道您要拋下典禮不顧嗎！」

聽著五道的發言，清霞開始想像此刻的美世在做些什麼。

昨晚，被獨自留在家中的她，臉上確實浮現了不安的神情。然而，美世完全沒有向清霞傾訴自己的不安，也沒有掉淚，只是以堅強的眼神目送他出門。

清霞無法想像美世會如五道所說那樣，以不安惶恐的態度苦等他返家。

她一定會相信他。

更何況，現在的五道不夠冷靜，清霞無法將現場的大小事全數交給他負責。雖然百足山也在，但因封印作業而疲憊不已的他，同樣少了原有的冷靜。將任務全盤交給這樣的他們，萬一發生意外狀況，後果恐怕令人擔憂。

（我絕對會趕上結婚典禮。）

距離婚禮開始還有幾小時的時間，只要動作快一點，應該能趕在最後一刻到場。

他有些分神了，不努力集中精神的話，感覺意識就會在不知不覺中飄向遠處。不用說，此刻的清霞也很希望自己能馬上趕往美世身邊。

然而，他無法這麼做。

「你冷靜點，五道。時間還很充裕。」

「我很冷靜啊，反而是您，為什麼現在還能這麼鎮定呢，隊長？」

清霞沒有回答他。這時剛好是封印作業的換班時間。

「你休息吧，我去跟前一輪的隊員換班。」

「隊長！」

看到清霞轉身，五道像是要追過去那樣大聲呼喊他。但只有這點，清霞怎麼都無法妥協。

最後，封印作業又花了約莫一小時才大功告成。咒物「土蜘蛛腳」被牢牢貼上好幾張符咒，散發出來的妖氣也因此變得相當微弱。透過一整晚的重重封印，終於順利將它化為沒有即刻威脅性的東西。

然而，現在已是比早晨更晚一些的時刻，再過不久，婚禮就要開始了。

「接下來要一路護送這個咒物到值勤所。搬運途中務必小心謹慎，絕不能讓無關的外人碰觸到它！」

「了解！」

聽到清霞一聲令下，隊員們以緊張的表情齊聲回應。

之後，護送任務由包含清霞、五道在內的半數隊員負責，另一半的隊員，則是在百足山指揮下留在長場家收拾善後，同時繼續進行相關訊問和調查。

「隊長，不能再拖了吧。這裡交給我，請您盡快前往會場。」

看到五道趕來身邊這麼催促，清霞朝時鐘瞄了一眼。現在已經是新郎不在場的話，可能會引發騷動的時間。

即使他直接趕往會場，在那裡整頓好服裝儀容，也不見得能趕上婚禮的時間。

強烈的焦躁感早在天明時便占據了清霞的內心，然而，比起這個，他對工作的責任感更勝一籌，從不曾想過要先行離開現場。

「別讓我說好幾次，我不能這麼做。」

「您是認真的嗎！」

「五道。」

面對提高音量的下屬，清霞以平靜語氣呼喚他的名字，情緒激動的五道因此瞬間噤聲。

「我無法把護送行動全盤交給現在的你負責，理由你應該也明白吧？」

「……」

「這不是你的錯。看到那種東西，我也完全無法以平常心面對。正因如此，我們現在才應該一起行動，才能監視彼此的狀態。」

「……我很冷靜啊。」

「你真的這麼覺得嗎？」

聽到清霞逼問，五道沉默下來。

此刻的他不可能保持冷靜，主張自己很冷靜，正是他不夠冷靜的證據。倘若是平時的五道，想必會做出不同反應才是。

（一路護送到值勤所的話，我註定是趕不上婚禮了。）

清霞不自覺握拳，指甲也狠狠掐入掌心。

要是他沒能趕上，獨自出現在會場的美世將會多麼難堪、承受多麼大的精神壓力呢。光是想到這一點，就幾乎讓清霞絕望得眼前一片昏黑。

「隊長，真的可以嗎？」

五道勉強擠出再次確認的發言。不知何時，百足山也來到一旁，靜靜等待清霞的答覆。

清霞有種站不穩腳步的感覺。

這恐怕是最後的機會了。就算他選擇在這時脫隊，想必也不會被誰譴責吧，然而，這樣的選擇仍伴隨著不安。

這個任務很單純，但同時也相當危險而重要。清霞不能就這樣拋下它。

（抱歉，美世。）

這不是道歉就能解決的事情。對美世來說，清霞為了工作而拋下結婚典禮的事實，有可能會在她心中留下一輩子的傷害。

儘管美世不會責備他，但絕對會深深受傷。

清霞緊緊咬牙，用力閉上雙眼。

（我……）

他以動搖的心硬是做出決定。就在他顫抖著唇瓣，準備開口回答時——

「呃～那個……我們是過來支援的人力，請問，現在還需要協助嗎？」

「咦咦……這是哪門子的問法呀？」

「不……不然，我還能怎麼說呢？話說回來，這種事應該由妳來開口，而不是我吧，前輩？」

聽到這兩個似曾相識的嗓音，清霞才發現有幾名身穿軍裝的人物吵吵鬧鬧地踏進長場家的院子裡。

那身軍裝打扮，看起來跟對異特務小隊的隊員很相似，但又不盡相同。他們是——

「對異特務第二小隊？」

清霞抬起頭，跟站在這個似乎不太可靠的集團最前方、看起來明顯不習慣這種場合的隊員對上眼。

他記得這張臉。清霞頓時吃驚地屏息。

「你是——」

「好……好久不見了。」

對方以手輕撫自己的後腦勺，帶著笑容向他鞠躬致意。

◇◇◇

在整個人感覺輕飄飄的淺層睡眠中，美世發現自己茫然佇立在某個空無一物的空間裡。

雖然空無一物，但隱約有陣陣交談聲傳入耳中。

「——無須憂心，施主。這箱子裡頭的東西，將會解決妳的煩惱。」

「真的嗎……？它真的能幫我實現願望？」

「那當然。這是個相當靈驗的東西，必定能讓施主揮別煩惱、實現願望。」

美世緩緩朝人聲傳來的方向走去，在朦朧景象中看見一戶人家的大門。

一名女子站在門口，和一名做旅行僧人打扮的男子對話。兩人的面孔都相當模糊，讓美世無從判別是誰。

不過，她總覺得好像在哪裡聽過那名女子的嗓音。

從僧人手中接過一個巨大到必須以雙手環抱的褐色木箱後，女子不斷向他鞠躬道謝，最後關上大門。

微微抬頭仰望掩上的大門後，握著錫杖的僧人踏出步伐。

他踩著踏實的腳步，一步、一步地往前。無關美世個人的意志，她的視線擅自開始追隨這名僧人。

然而，美世原本遠眺的僧人背影，不知何時變成了一名穿著破舊和服的女子。

（咦……？）

兩人是在什麼時候交換的呢？

儘管還沒睡醒的腦袋感到不解，但畢竟是夢中發生的事情，美世決定不去在意，繼續將視線停留在那名女子的背影上。

女子不曾停下腳步，就只是一股腦兒地往前走。

周遭的景色全都蒙上一片白色霧氣，不見任何鮮明的色彩，也無從判斷時間流逝的速度。不過，美世大概能明白女子已經持續前進了好一段時間。

不知不覺中，女子從城鎮裡走進山中，在只有野生動物出沒的崎嶇山路上前進。

她沒有被茂密的深山草木絆住腳步，踩著堅定的步伐不斷前進。

最後，出現在她前方的是——

「嗯……」

此時，美世的意識突然變得清晰起來。她抬起沉重的眼皮，出現在視野中的，是熟悉的個人房的光景。從微微被照亮的室內看來，朝陽或許已經開始東升。

她慢吞吞地抬起上半身，伸了一個懶腰。

「很不可思議的夢呢。」

剛睡醒的她想起方才的夢境，有些不解地歪過頭。最後，她沒能看清楚女子抵達了什麼樣的目的地，因此有種無法釋懷的感覺。

儘管也覺得這可能是夢見的異能造成的效果，但美世不明白這樣的夢境意味著什麼。

（比起這個……）

天已經亮了。

結婚典禮當天的早晨到來。

在新娘休息室裡，美世不知道已經和葉月、由里江和芙由默默等待了多久。

她早已完成所有該做的準備，接下來只等新郎現身。但身為新郎的清霞卻遲遲不見人影。

這天的行程，時間上原本安排得相當充裕，但現在，這樣的充裕已經差不多被消耗殆盡了。

「雖然應該不會有問題，但他動作還真慢呢。」

葉月雙手抱胸，噘起嘴唇這麼喃喃自語。

因為顧慮到美世，其他三人盡可能不將內心的焦躁感表現出來，但美世多少還是能察覺到。

——清霞該不會趕不上吧？

每當這樣的恐懼在內心浮現，美世總是選擇加以忽略，但現在，恐怕已經演變成無法繼續忽略下去的情況了。

為了轉移自己的注意力，她試著跟葉月、由里江、芙由閒聊。不知不覺中，就這樣到了典禮正式開始的時間。

（我不能膽怯，老爺他一定會趕上的。）

以自信的態度抬頭挺胸前進吧。豈能因為這點小事就動搖？她可是即將成為久堂家當家妻子的人呢。

美世仰賴著微乎其微的希望，撇頭不去看盤據在內心的不安。

「好啦，振作一點，要走嘍。」

「是，我們走吧。」

聽到芙由的鼓勵，美世帶著微笑步出休息室。

四人往準備室移動。此刻，準備參加新娘遊行隊伍的家屬們，想必都在那裡齊聚一堂了。

美世等人不太交談，只是邁步前進。

走在從休息室通往準備室的走廊上時，美世將視線移向窗戶外頭。

時而颳起的風讓被吹落的櫻花花瓣漫天飛舞，在石子路上形成不斷打轉的漩渦，然後四散。

已經過了盛開期的櫻花，接下來只會慢慢凋零。

這般寂寥的光景，彷彿反應了在大喜之日孤身一人的美世的心境，一股苦澀的滋味在口中擴散開來。

傳統樣式的新娘假髮、泛著金色光澤的花朵髮飾、再加上綿帽子（註1）的重量，幾乎足以折斷美世的頸子。以好幾層和服堆疊而成的白無垢新娘禮服，也讓她感到雙肩好沉重。為了不讓腰帶鬆脫，美世持續繃緊神經；長到拖在地上的禮服下襬，也令她好生在意。

（一個沒注意，好像就會停下腳步呢。）

她努力勉強自己走到這裡。然而，隨著準備室和婚禮正式開始的時間愈來愈近，她實在無法抑制內心湧現的憂鬱情緒。

之前那般令人欣喜、期待的婚禮，現在卻讓她的心重重、深深地往下沉。

來參加這場婚禮的人都是雙方家屬，因此，就算清霞沒能趕上，用不著美世說明，大家也能明白其中原委，同情獨自出現在會場的美世；而她本人也很明白，清霞是為了工作而身不由己。儘管如此——

「老爺……」

倘若她就這樣獨自在會場枯等，而結婚典禮直到天黑都無法舉行的話，那該怎麼辦才好？

註1：傳統日式婚禮中新娘戴的白色頭罩。

淚水會讓臉上的妝花掉，所以她不能哭。儘管這麼想，視野仍開始變得模糊，感覺眼淚隨時都會奪眶而出。

（老爺……請您快點來吧。）

她拖著沉重的心和新娘禮服，勉強和葉月等人一同踏進準備室。

「美世……」

率先出來迎接她的，是以新娘家屬的身分出席的義浪和新。

「妳很漂亮呢，美世。」

「真的啊。身為妳的外祖父，老夫也引以為傲。」

婚禮還沒正式開始，義浪的一雙眼睛已經泛著水氣。面對這兩人一如往常的真誠態度，美世感覺心情似乎平靜了一點。

「非常謝謝你們，新先生、外公。」

因為無法低頭鞠躬，美世以誠摯的語氣向兩人表達感激之情。義浪像是要鼓勵她那樣溫柔拍了拍美世的肩頭。

隨後，正清也來到美世身邊，像平常那樣笑瞇瞇地以「妳很漂亮喔」坦率稱讚她。

「非常謝謝您，公公。」

就在美世跟這些親近的人對話時——

「方便打擾一下嗎？」

有人這麼朝她搭話。

隨後，一對男女來到美世面前。

他們大概是夫妻吧。男子看起來約莫三十多歲，穿著一襲正式軍裝，個頭相當高大。長相剽悍的他，眼角帶著一道刀疤，走路時拖著左腳這點，也令人在意。

相較之下，他身旁那名女子顯得十分嬌小。她的年紀看起來落在二十多歲，個子比美世再矮一些，是個散發出端莊、沉穩氣質的清純系美人。

看到兩人朝這裡走來，葉月隨即貼心地為美世介紹。

「美世妹妹，這兩位是在今天的結婚典禮上擔任媒妁人（註2）的光明院先生，以及他的夫人節小姐。」

「我是光明院，請多指教嘍。」

順著葉月的介紹，光明院朝美世露齒一笑，有些為他的粗獷氣質震懾的美世隨即低下頭致意。

「還……還請您多多指教。」

註2：負責主導婚禮進行的人物，多半由新郎或新娘的親朋好友擔任。

「我是光明院的妻子節。明明是媒妁人，卻直到典禮快開始才趕來，真的非常抱歉。我們原本應該要更早抵達，好好向其他賓客打招呼才對。」

節將眉毛彎成八字狀，一臉愧疚地這麼說。葉月笑著搖搖頭回應：

「這也是沒辦法的。畢竟光明院先生身為對異特務第二小隊的隊長，不能隨意拋下工作嘛。」

「能聽到妳這麼說，我也稍微釋懷了。」

「而且，舍弟身為新郎，卻到現在都還沒出現，所以我們也沒資格說別人什麼呢。」

美世茫然聽著葉月和節的對話，悄悄將視線移向光明院身上。

對異特務第二小隊。

以舊都為據點，工作內容和組織規模都跟對異特務小隊相同的另一支部隊。也是有一段期間待在對異特務小隊的薰子原本隸屬的組織。

美世曾聽說，舊都是天皇在維新運動前所居住的都市，同時還是大量異形橫行的區域。為此，至今仍有許多實力高強的異能者定居舊都，可說是異能者的聖地。

齋森家、久堂家和辰石家，都在天皇從舊都遷居至目前的帝都時跟著移動據點，不過，也有部分異能者的家系就這樣繼續留在舊都。

負責在這樣的舊都統率擁有軍籍的異能者的人物，就是眼前這名叫做光明院的男子。想到這裡，美世就不禁對他倍感興趣。

或許是察覺到來自美世的視線，光明院也朝她望去。

「過去，在對異特務小隊還是由五道隊長率領的時期，我曾擔任他的副隊長，所以可說是清霞的前輩兼上司吧。基於這樣的緣分，我今天才會以媒妁人的身分前來。原本應該由大海渡閣下擔任比較適合，但畢竟他現在單身。」

媒妁人必須由夫妻共同擔任。因此，已經和葉月離婚，目前也沒有再婚的大海渡無法勝任。

能理解這一點的美世對光明院點點頭。

「我的左腳帶傷，所以有時行動不太方便，但還是多多指教嘍。」

光明院拍拍自己的左腳，然後「啊哈哈」大笑幾聲，看來，他是個生性豪爽而有些粗魯的人。不難明白他為何五官端正，卻有著一種類似野獸的氣質。

不過，這樣的光明院完全不會令人反感。明白他是表裡如一的人物後，美世不禁放心許多，下意識緊繃的表情也舒緩了一些。

「對不起喔，這個人很粗魯，妳一定被嚇到了吧。為了避免他在婚禮上做出失禮的舉動，我會好好監視他，請妳放心吧。」

「喂，節，妳怎麼這樣說自己的丈夫啊。」

「我說的是事實呀。」

光明院和節的互動，感覺就像朋友那般輕快自在。光是聽他們的對話，就能讓人感覺到確實存在於兩人之間的信賴關係。

美世的意識再次移往尚未抵達婚禮現場的清霞身上。

倘若清霞沒能趕上的話——

就算婚禮進行得不順利，兩人依舊能結為夫妻。儘管明白這一點，美世卻仍無法抑制內心負面的想像，擔心自己跟清霞會因此無法建立起如光明院夫妻這般深厚的信賴關係。

雖然臉上仍維持著社交笑容，美世內心的不安卻無止盡膨脹著。這時，光明院微微瞇起雙眼。

「清霞還沒現身，讓妳感到很不安嗎？」

「……是的。」

「應該不要緊啦。因為這次的任務好像挺棘手，就算是清霞，恐怕也得花上一段時間處理。不過，我在過來這裡之前，有從我們第二小隊派遣一些援軍過去。」

美世不禁圓瞪雙眼。

「這樣呀？」

「嗯，雖然其中有比較不可靠的新人，但也有實力很不錯的隊員。這樣的話，就算現場少了清霞一人，應該也不會有問題。」

看到光明院聳聳肩這麼說，美世覺得眼前彷彿出現了希望。

和在場的賓客打完招呼後，不見新郎人影的室內，還是無可避免地開始醞釀起沉重的氛圍。

即使想以聊天的方式來消磨時間、提振眾人的心情，能在婚禮舉行前閒聊的事情實在不多。話題在轉眼間枯竭，沉默的時間也愈來愈長。

「久堂少校……」

新的輕喃格外清晰地傳入美世耳中。儘管只是短短一句話，在美世聽來卻帶著絕望感。

（老爺……）

是否真的別無他法了？現在已經稍微超過婚禮預定舉行的時刻。光是想像神職人員可能會在下一刻宣布無法繼續等下去，美世便渾身打顫。

她垂下頭，將雙手緊緊握拳。

（得下定決心才行。）

美世毅然決然抬起頭，為了讓雙手停止顫抖而更用力握拳。

因為想哭而垂下頭的話，就跟以前的自己沒什麼兩樣；要是又讓其他人顧慮自己，她恐怕擔不起清霞之妻這樣的身分。

（從今天開始，我就是久堂家當家的妻子了。）

美世對丹田使力，然後挺直背脊，正打算對準備室裡的所有賓客開口。

就在同一個瞬間——遠方隱約傳來有人匆匆忙忙動作的聲響。

「在這邊，請您快點！」

神社人員以焦急語氣快速道出的這句話傳入耳中。

（難道是——）

比起思考，回過神來的時候，美世發現滿心期待的自己已經不假思索地衝出準備室。

「美世妹妹！」

「等等，妳要上哪兒去呀！」

葉月和芙由的呼喚聲傳來。但美世沒有停下腳步，穿著讓人行動不便的沉重白無垢的她，使盡全身力氣在走廊上奔跑。

（老爺……老爺……老爺！）

高漲的情緒讓她往前跑，不停地往前跑，即使差點跌倒也完全不在意。

儘管實際上的移動距離應該不長，但在讓她感覺彷彿永無止盡的走廊盡頭——

——上氣不接下氣的清霞，微微瞪大雙眼站在美世面前。

「抱歉，我……來晚了。」

至今，清霞曾經這麼慌張、曾經這麼氣喘吁吁過嗎？

美世不禁有些懷疑眼前所見光景只是自己的幻想。但比起這樣的疑心，更強烈的安心感瞬間填滿她的胸口。

「老……老爺……」

一直強忍住的淚水彷彿即將奪眶而出。雙腳也瞬間變得無力，感覺整個人下一刻就要癱坐在地上。

「美世！」

清霞像是撲上前那樣支撐住美世癱軟的身子。他握著美世的那隻手冰冷而不停顫抖，讓美世拚命逞強的心在一瞬間瓦解。

明明很開心，卻有種恐懼再次來襲的感覺。

「太好了，太好了！老爺……我剛才一度不知道如何是好……」

強忍至今的不安情緒，因為感到放心而斷斷續續從美世口中傾洩而出。喉頭也持續震顫的她，甚至連話都無法好好說。

令美世如此不安，卻又如此放鬆的心情，恐怕只有先前在地牢跟清霞重逢的時候體驗過吧。她壓根兒也沒想到，自己竟然會在那起事件發生不久之後，再次嘗到同樣的滋味。

「……不過，我一直都相信著您。」

美世努力朝清霞展露燦爛笑容，清霞也微微瞇起眼朝她微笑。

「我也覺得妳一定會相信我而耐心等待……妳很美呢，美世。」

清霞滿溢憐愛之情的輕喃，讓美世的臉頰開始發燙。不過，就連這樣的淡淡羞澀感，此刻都轉化為令人舒適自在的喜悅。

「看到朝我跑過來的妳，我嚇了一跳，因為實在是太美了。」

「老爺，您也一直都很美麗呢。」

「……我整晚忙得焦頭爛額，所以現在應該一點都不美就是了。服裝儀容也不夠得體。」

清霞露出複雜的表情，嘴角也沮喪地下垂。覺得他這樣的態度可愛不已的美世不禁笑出聲。

「那麼，請您趕快去休息室更衣、整頓儀容吧。我會等您的。」

「嗯。」

看著清霞再次拔腿奔向新郎休息室，美世輕輕揮手目送他離去。這一刻，她的心因充滿期待和希望而雀躍不已，跟昨晚在家中玄關目送清霞出任務時的心情截然不同。

（真的……真的……太好了。）

接下來，只要等待清霞換裝完畢即可，完全不是什麼難事。想到方才被不安和恐懼支配的感覺，現在的情況更要輕鬆許多。

終於，兩人終於走到這一天了。

身心都變得舒暢的美世，眺望著外頭在暖陽照耀下隨風起舞的櫻花花瓣。

◇◇◇

在一片晴朗的藍天之下，日式傳統雅樂的音色悠然響起。

神社境內的石板路反射陽光而閃閃發亮，表面覆蓋著數不清的淡紅色花瓣。

葉月踩著踏實的腳步，一步步慢慢往前，同時望向自己的前方。

在走向神社本殿的神職人員和巫女領導下，跟在後方的是換上正式軍裝的弟弟的背影，以及身穿白無垢，讓旁人為她撐著紅傘的弟媳的背影。

儘管只是在新娘行進隊伍裡遠眺這兩人的身影，她卻覺得眼淚幾乎要奪眶而出。

（那兩人……終於能結為夫妻了呢。）

被清霞委託擔任美世的教養老師後，至今過了將近一年的時間。葉月跟由里江一直在距離這兩人最近的地方，看著他們一路走來。

而這一路上可說是波瀾萬丈。

彷彿上天不允許這兩人長相廝守那樣，就連在一旁看著的葉月都覺得心酸了，身為當事人的美世和清霞，想必更是加倍的痛苦煎熬吧。

即使到了大喜之日的今天，美世和葉月也為了清霞可能趕不上的問題而提心吊膽。看到清霞出現在會場時，她幾乎因為放下心中大石而變得全身無力。

儘管如此——即使前方出現重重困難，這兩人仍沒有放開彼此的手，毫不氣餒地繼續往前邁進，最後終於克服所有難關。需要多麼強大的身心，才能做到這種程度的事情呢。

這點葉月再清楚不過。

種在神社境內外圍的櫻花開始凋謝，花瓣宛如雪片般落在新娘遊行隊伍上的光景，美麗而讓人感慨，好像上天終於願意接納這兩人之間的羈絆似的。

隊伍緩緩進入神社本殿。

讓人感受到悠久歷史的神社本殿內部，瀰漫著莊嚴神聖的空氣。

正中央有著一座高度幾乎直逼天花板，上頭供奉著神酒的巨大祭壇。正面設置著新郎新娘專用的座位，兩旁則是參加結婚典禮的家屬們的座位，看上去井然有序。

待美世和清霞先行在正中央的座位就坐後，身為媒妁人的光明院夫妻接著入座，其他家屬也在兩旁的座位上坐下。

一直看著新郎新娘的葉月，也在面對祭壇的右側，即新郎家屬的座位上就坐。

寂靜籠罩了本殿內部。

儀式由齋主(註3)和神職人員們進行，氣氛莊重。

葉月所在的位置無法看清楚美世和清霞臉上的表情，那兩人現在是不是很緊張？又或者洋溢著喜悅？

（……無論如何，他們現在一定都露出了很棒的表情。）

因為，就連只是身為清霞之姊的她，現在都感動得無以復加。

註3：神道教中負責主持婚喪喜慶等活動的人物。

過去，葉月也是在這間神社舉辦婚禮，但她總覺得那時的自己沒能像現在這般滿足。

當年舉行婚禮時，她雖然緊張，但亢奮感更為強烈。說得簡單一點，「樂昏頭」這樣的表現或許比較正確。

那時的葉月還年輕，對世事一無所知，也很單純，可以說是什麼都不懂。

不過，美世和清霞想必不一樣。經歷過那麼多風風雨雨，此刻的他們內心想必感慨萬千。

正因如此，此刻的葉月才會感動不已。

眼前視野逐漸變得模糊的她，帶著笑容輕輕擦拭了眼角。

◇◇◇

淨身儀式、獻饌儀式、向神明呈報今日舉行的婚禮內容。

婚禮十分順利地進行著。

有些坐立不安的美世，在椅子上一動也不動地望著斜下方。因為緊張以及在內心交錯而過的各種情感，讓她不知道自己此時該露出什麼樣的表情。

在齋主指示下，依照儀式流程時而起立、時而坐下，已經讓她竭盡所能。頭上的棉帽子，可說是這樣的她唯一的救贖。

罩住整顆頭的棉帽子，恰到好處地隔絕了美世的視覺和聽覺，讓她不會去在意自己現在受到萬眾矚目一事。

垂下眼簾的她，所見之物只有身上這襲白無垢。

純白的絲絹布料上，以銀線繡著鳳凰和牡丹的吉祥圖樣。即使是外行人，也能一眼看出這件白無垢是高級品。芙由和葉月都曾穿過這件嫁紗，因此，雖然穿起來很笨重，美世仍有種彷彿被這兩人支撐著的感覺，令她十分放心。

儘管如此，待婚禮正式開始後，她卻又覺得自己有點像旁觀者。

（好奇怪啊。）

今天就要和清霞結為夫妻一事，讓美世感到很不真實。

不過，這樣也無所謂。

方才，看到結束任務的清霞趕來自己身邊，她的內心便已經相當滿足。只要有他在身邊，美世就能感受到幸福。

儀式只是一種無法避免的形式，對於自己和清霞之間的堅定羈絆，美世早就深信不疑。

這麼想的時候，從一旁伸過來的大手溫柔握住她的手。

雖然無法抬起頭，但覆在自己手上的大大掌心，讓美世安心不已地閉起雙眼。

（老爺的手好溫暖呀。）

清霞的體溫隔著手套傳達過來。光是這樣，便讓美世感覺彷彿有小小的火光在心中點亮，讓她整個人都籠罩在安心感之中。

本殿裡頭莊嚴靜肅的空氣，原本令美世感到陌生，但她在不知不覺中慢慢習慣，緊張和不安的情緒也徹底消散。

婚禮持續進行著。接下來是三三九度的儀式。

齋主取下祭壇上的神酒，將酒注入清酒瓶之中，再由巫女將酒倒進鮮紅色的淺酒杯裡。

美世靜靜地眺望這樣的光景。三三九度是讓夫妻宣誓今後將終生相守的儀式，想到這裡，她怎麼都冷靜不下來。

清霞率先伸出手，三口緩緩喝完淺酒杯裡的神酒。

（輪到我了……）

巫女將神酒倒進美世以雙手捧著的淺酒杯中。量並不多，大概一口就能飲盡。

美世事先有被交代過，只要稍微做出喝酒的樣子就好。因為她不太能喝酒，即使量不多，也可能對接下來的流程造成影響。

清澈的神酒在酒杯中搖曳。

看到自己的臉模糊倒映在杯中，美世突然好想哭。

——啊啊，喝完這杯酒之後，自己就會成為清霞的妻子了。

感覺彷彿只是流於形式的婚禮以及結婚一詞，在進入三三九度的儀式後，終於開始湧現真實感。

從今天開始，齋森美世即將成為久堂清霞之妻，她會成為久堂美世。

兩人將不再是未婚夫妻。他們是情人、是深愛著彼此的男女、也是在同一個家裡生活的家人——亦即夫妻——這就是美世跟清霞從今天開始的嶄新關係。

自己原先以為儀式不過是一種形式的想法，實在是太膚淺了。

至今為止的心境，即將轉化為另一種心境，美世現在深深體會到這段變化的過程。

她將淺酒杯湊進嘴邊，做出喝了三口的動作。

將三只酒杯裡的神酒，分別以三口喝完的話，夫妻宣誓便大功告成。

就算美世酒量還可以，她恐怕也無法輕輕鬆鬆喝完這些酒。因為，她現在拚命按捺著落淚的衝動，喉嚨也因此有種被哽住的感覺。

三三九度的儀式結束後，美世轉動眼球悄悄望向一旁的清霞。

兩人四目相交。

啊啊，真的——

美世和清霞終於結為真正的夫妻了。今後的人生，他們都會陪伴在彼此身邊，至死方休。

俯瞰著她的清霞，眼神比平常更來得溫柔、滿溢著情愛。

——我愛妳。

即使沒說出口，美世彷彿也能聽到他的這句表白。

（我也是。）

美世心中的愛，以及感受到的幸福。但願都有好好傳達給清霞。

在婚禮的傳統儀式結束後，等著美世的是讓人頭昏眼花的忙碌行程。

因為清霞遲到，之後的排程也全都受到影響，導致眾人得馬上動身去參加接下來的婚宴。

傳統儀式的部分只有雙方家屬參加，但婚宴則邀請了更多家屬以外的賓客。要是遲到，就會給這些賓客添麻煩。

再加上今天是名門久堂家的當主結婚，受邀的賓客大多是地位崇高、難以抽出閒暇時間的人，因此更不能出紕漏。

換下禮服後，就得馬上移動到下一個場地，連喘口氣的時間都沒有。

不用說，當然也沒時間讓美世跟清霞兩人好好獨處，沉浸在婚禮的餘韻，或是羞澀的心情當中。

她只是一股腦聽從婚禮企畫人芙由和葉月的指示行動，回過神來時，便已經坐在帝都會館宴會廳的新娘座位上。

「還好嗎？會不會累？」

坐在一旁的新郎座位上的清霞體貼地問道。美世苦笑著點點頭。

「是……有點累，但沒關係。」

「這樣啊。」

清霞看似放心地露出柔和表情。

寬敞而豪華的帝都會館宴會廳，擠滿了至少一百多名的眾多賓客。

前幾年剛興建完成的帝都會館，是用來提供社交場所的設施。近年來，上流階級要預訂婚禮的場地時，除了帝都飯店以外，據說也時常相中這裡。

這棟還很新的建築物，除了挑高設計的精緻西式天花板以外，還有璀璨晶瑩的水晶燈，以及多張鋪上純白桌布的餐桌，呈現出一片美不勝收的光景。

能直接作為舞會大廳使用的這個廣大空間，今天由久堂家包場。

這可說是一場完全不失久堂家門面的高級宴會。

賓客中有許多和久堂家關係匪淺的政府、軍方重要人士，儘管大多數都讓美世感到陌生，但其中的熟面孔也不少。

身為新娘家屬，先前一同參與了神社儀式的薄刃家的新和義浪；大海渡、以及他的兒子旭；除此之外，還有美世過去待在齋森家時，對她照顧有加的前幫傭花、以及她的丈夫；在久堂家別墅中擔任管家的笹木夫妻、雲庵醫師；對異特務小隊的隊員；歸於久堂家麾下的辰石家成員，以及其他異能者。

一般情況下，主辦人通常不會邀請幫傭或管家來參加這種聚會。一反這種成規的久堂家，其寬廣的胸襟可見一斑。

對異特務小隊的成員人數看起來有點少，似乎沒有全員出席。不過，在工作繁忙到可能連清霞都趕不上婚禮的情況下，他們仍抽空過來露臉。

看到這麼多人為自己結婚一事獻上祝福，美世雖然感到開心，但更覺得不可思議。

坦率將這樣的感受告訴清霞後，他輕笑一聲表示：

「的確。雖說大部分的賓客都跟久堂家關係匪淺，但其中也有許多人鮮少與我交流往來。妳會感到困惑也是很正常的……畢竟我不擅長經營只有表面功夫的關係。」

「是。」

聽到清霞如此坦承，美世完全不感到驚訝。依他的個性來看，基於家系或立場而無可避免的表面交流，想必是清霞最不擅長應付的。

若要論和清霞相識的時間，美世理應是這群賓客中相當晚期才出現的新面孔。這裡有許多人認識清霞的時間比她早許多。

不過，她不曾因為這樣感到自卑。

這一年以來，她和清霞共度了許多緊密而充實的時光。雖說還不到百分之百的程度，但她認為自己正一點一滴地慢慢了解清霞。

最重要的是，她深愛他的心意，絕不會輸給任何人。

「剛才的白無垢很美，但現在的打扮也很適合妳。」

「呵呵，謝謝您。這襲色打掛（註4）是婆婆和姊姊特別為我挑選的呢。」

為了婚宴而特地訂製的這件色打掛，從肩膀到下方衣襬的布料是由淡紅轉為鮮紅的漸層設計，將可愛和豔麗調和得恰到好處。兩隻白鶴、櫻花和流水的圖樣，更是精緻不

註4：剪裁設計和白無垢相同，但顏色和花紋都很華麗鮮豔的和服。

已。

儘管兩人沒有告訴美世這件衣服多少錢，但想必價格不菲。自己能夠成長到適合這種華麗和服的程度，讓美世相當開心。過去，就算受人稱讚，她恐怕也無法坦率向對方道謝吧。

（雖然現在聽到別人的讚美，我也不會全盤接收就是了。）

美世朝清霞露出羞澀笑容。

在「乾杯！」的吆喝聲後，婚宴正式開始。

豐盛的西式餐點陸續被端上桌，還有多到喝不完的各式洋酒。但清霞和美世因為忙著四處打招呼，幾乎無暇享用。

大臣、議員、軍官將領，年紀從年輕男性、壯年男性到年長夫妻都有。不過，無論頭銜為何，這些賓客想必都是上流階級的成員之一，讓美世一刻都無法放鬆。

（臉頰好像要抽筋了……）

過去參加這類宴會時，她的身分既不是主辦人也不是主角，因此多少有時間能稍做休息。

但今天看來是不可能了。

儘管美世和清霞只是並肩坐在最顯眼的座位上，但想向兩人打招呼的賓客紛紛聚集到餐桌前方，人甚至多到必須排隊的程度。

除了會消耗大量心力以外，美世還得隨時維持端正的坐姿、面帶笑容、恭敬有禮地道謝……這樣的狀況讓她一直繃緊身子，因此身體也倍感疲倦。

「今天恭喜你們倆啊。」

賓客陸陸續續來到清霞和美世面前，向兩人打招呼、送上祝福的語句。在這樣的應酬好不容易告一段落後，臉上帶著苦笑的大海渡牽著旭朝兩人走來。

「謝謝您，閣下。」

「非常感謝您。」

看到熟悉的大海渡，美世和清霞終於有種鬆了一口氣的感覺。

「恭……恭喜你們！」

「謝謝你。」

害羞地移開視線這麼說的旭，模樣實在相當惹人憐愛。向他道謝的美世，臉上自然而然流露出笑容。

繼大海渡之後，久堂家成員和其他友人也帶著放鬆的表情朝兩人走近。

「清霞能順利結婚，真的是太好了。」

道出這句不知是在開玩笑還是真心話的發言後，正清哈哈笑了幾聲。芙由接著開口：

「還不是因為老爺您太悠哉了，才會讓他錯過最適當的結婚年齡呀。」

她以扇子掩嘴，用帶刺的眼神和語氣這麼指摘。

「咦？會嗎？我倒覺得自己很努力了呢。也幫他安排過多次相親機會……」

「讓他跟齋森家相親時，您一個字都沒跟我提起這件事吧？」

「因為要是告訴妳，一定馬上會被妳駁回啊。」

「什麼？您這樣的說法，就好像我在刻意阻礙清霞結婚一樣呢。」

「我說兩位，在慶祝的筵席上，而且是當著眾多賓客和親戚的面吵架，是很不像話的事情。拜託你們別這樣好嗎？」

在正清和芙由的口角開始升溫時，一旁的葉月以犀利口吻出聲制止。兩人似乎也知道自己理虧，於是雙雙閉上嘴巴。

「隊長～！」

在正清和芙由的對話結束後，頂著紅通通的臉，看起來明顯已經喝醉的五道，以單手捧著酒杯走上前。

清霞不禁蹙眉。

「五道……你是不是喝太多了？」

「沒關係啦！因為您先行離開後，執行護送任務真的超級辛苦的啊！雖然有順利把東西移交給宮內省的術師們，但大家一路上都繃緊神經，所以現在累癱了呢。」

看樣子，以五道為首前來出席這場婚宴的對異特務小隊隊員們，是在任務結束後便馬上趕來。

「光憑宮內省的術師，能力應該不足以處理那個咒物吧？」

「哎呀，反正我們已經調派一些人手過去幫忙了，真的無力應付的時候，他們應該會再要求支援。不過，宮內省跟我們不同，有能夠處理這種『別有隱情』的東西的設備，所以八成不會有問題吧。」

看到五道聳聳肩，感覺有些敷衍了事的態度，清霞眉心的皺紋變得更深。

「可別喝悶酒喔。」

「……我知道啦。」

儘管有些在意五道臉上一閃即逝的陰鬱表情，但這感覺不是美世能夠插嘴的狀況。她選擇在一旁默默聽著這兩人的對話。

「喔，兩位，現在方便嗎？」

輕快舉起手朝這裡搭話的人是光明院，看到他出現，清霞恭敬地低頭致意。

「光明院隊長，今天非常感謝您擔任我們的媒妁人。」

「嗯，恭喜嘍，清霞。我從來沒想過自己竟然會以媒妁人的身分來參加你的結婚典禮啊，哈哈哈！」

「的確如此，光是光明院隊長已婚的事實，就足夠令人意外了。」

「你的這種地方真是一點都沒變耶。」

清霞和光明院互相調侃的交流方式，讓他們看起來很親近。不管是節還是清霞，跟光明院熟稔的人物，似乎都會像這樣跟他互開玩笑。

爽朗地大笑幾聲後，光明院表示「我隊上的人也想過來打聲招呼」，然後退到一旁。

身穿軍服的一男一女從他身後現身。

這是美世今天頭一次將雙眼瞪得這麼大。

她知道這兩人有受邀來參加婚宴，但完全沒想到他們會以這樣的方式登場。

「薰子小姐……幸次……先生。」

身穿軍裝的女性，是美世的友人陣之內薰子，男性則是在一年前互相道別後，便不曾見過面的兒時玩伴辰石幸次。

「美世小姐，好久不見了，今天真的很恭喜妳。」

「嗨……嗨，美世，呃，不對，應該是美世……小姐，恭喜妳。」

面對噙著淚水祝福自己的薰子，以及臉上笑容看起來有幾分尷尬的幸次，美世完全愣在原地。

「那……個……謝謝……你們。呃，幸次先生，您……加入軍隊了嗎？」

「咦？啊……對喔，我沒告訴妳。沒……沒錯，我現在是對異特務第二小隊的新人隊員……」

跟彼此對話時，兩人都莫名變得支支吾吾起來。

美世從未想過幸次會加入對異特務第二小隊，她的理解力還跟不上眼前的事實。

然而，現在站在她面前的，的確是過去共度好幾年時光的兒時玩伴。

他柔和的表情、沉穩的說話語氣，都跟以前如出一轍。

（不過……）

站得直挺挺的他，已經沒了過去那種不可靠的感覺，取而代之的是凜然的氣質。一身軍裝打扮也相當有模有樣。

現在的幸次跟過去的他相同，卻也不同；如同美世改變了，在那之後幸次也有所改變了。

『我打算重新鍛鍊自己，我會盡自己所能努力。』

一如他過去的宣言。

因為實在過於震驚，美世久久說不出半句話，於是薰子輕輕拍了幸次的肩膀。

「幸次是在我過來支援對異特務小隊前加入第二小隊，現在正在接受前輩隊員嚴格的操練呢。」

「嗚……嗯，就是這麼一回事，一想起來，我的胃又開始……」

薰子以活潑嗓音愉快地為美世說明。相較之下，幸次則是一臉憔悴地將手按上自己胃部的位置。

不過，從這兩人的對話聽來，可以清楚明白幸次很適應小隊裡的生活。

「辰石幸次，謝謝你剛才前來支援。」

清霞以認真的眼神坦率向幸次道謝。

「您說……剛才……？」

聽到美世的疑問，清霞輕輕吐出一口氣。

「剛才，多虧有對異特務第二小隊到現場支援，代替我執行護送任務，我才得以趕上婚禮。」

「原來是這樣呀……」

以舊都為據點的對異特務第二小隊，包括身為隊長的光明院在內，受邀參加這場婚宴的薰子、幸次和其他數名隊員，先前一起來到了帝都。

除了光明院以外的隊員，在最後一刻趕到現場協助，代替清霞接下極度重要、危險又緊急的護送任務。

託他們的福，清霞總算勉強趕上婚禮。負責護送任務的薰子和幸次，以及目送清霞離開後繼續留在現場善後的五道等人，在任務結束後，便隨即趕來參加婚宴。

面對為了自己和清霞的婚禮而如此盡心盡力的他們，美世覺得再怎麼表達感謝都不夠。

「謝謝……真的非常感謝你們，幸次先生、薰子小姐。」

「不客氣……不對，好像也不到這麼說的地步……畢竟這是工作，而且也是為了兒時玩伴的妳嘛。」

將兩道眉毛彎成八字狀哈哈笑的幸次，看起來就和過去沒兩樣。一旁的薰子也用力點點頭。

「沒錯沒錯。如果是為了美世小姐、為了自己的朋友，什麼忙我們都會幫喔。」

「非常感謝你們……」

美世至今締結的這些緣分，絕不是基於想讓對方幫助自己、支撐自己等目的，才建立起來的東西。

儘管如此，不斷累積到今天的信賴和真心，在美世走投無路時對她伸出了援手。一想到這裡，她就開心到胸口幾乎隱隱作痛的程度。

（在大家有困難的時候，我絕對也會竭盡所能幫忙的。）

美世在內心這麼發誓。她不會忘記這份恩情，不管經過幾年，她都希望有回報的機會。

「嗯，總之，我過得很好，也還算努力。雖然我的異能還是很弱，但現在正在學習在戰鬥中活用它的技巧。隊長說這端看我願意下多少功夫去磨練。」

「是啊，幸次。雖然你老是畏畏縮縮的，但底子並不差喔，絕對可以變強的！」

光明院用力拍了一下幸次的腰表示贊同。

「等……那個，隊長……請您別說我畏畏縮縮的啦。」

「怎麼，你想在兒時玩伴面前裝帥嗎？」

「拜……拜託您也別說這種話……！」

脹紅著臉向上司抗議後，幸次猛然回過神，迅速端正自己的站姿，在輕咳一聲之後望向美世開口。

「那個……美世。」

「是。」

「我有一樣東西要轉交給妳。該不該在這種慶祝結婚的場合交給妳，我原先也有些猶豫，不過——」

在幸次以嚴肅的表情和語氣這麼說之後，美世也不禁端正自己的坐姿。看到他遞過來的東西，美世向他詢問「這是什麼」，並在聽到答案後瞪大雙眼。

第五章　所謂的幸福

白天的陽光明明還讓人感到有些炎熱，到了夜晚，氣溫卻又帶著幾分涼意。

剛洗完澡的美世一邊讓走廊上的冷空氣為身子降溫，一邊朝客廳走去。

傳統婚禮的儀式結束了，婚宴也結束了……身心累積起來的疲勞，讓她覺得自己從頭到腳都累得不剩半點力氣。

再加上她剛泡完澡，因此這樣的感覺顯得更強烈。

不過，和沉重的白無垢、色打掛以及禮服等正裝相較之下，原來家居服是質地如此輕薄、穿上身之後又很方便行動的服裝。她甚至覺得有幾分感動。

然而，回到家之後，在浴室洗澡的這段期間，一直占據她的大腦的，並不是今天的結婚典禮。

『我有一樣東西要轉交給妳。』

說著，幸次朝她遞出一個封口的信封。向他詢問寫信的人是誰之後，美世的心臟重重跳了一下。

她還沒看過信封裡頭的東西。她沒有勇氣當場拆開這封信，再加上當下的氣氛也不太適合這麼做，所以就這樣把信封帶回家。

踏進客廳前，美世先繞回自己的房間一趟。她拾起擱在書桌上的純白信封，再次朝客廳走去。

「老爺，我洗完澡了。」

早一步洗完澡的清霞，將一頭長髮垂在身後，換上家居服捧著茶杯看書。不過，他的視線已經反覆掃過同一段文章好幾次，翻頁的手也久久不曾動作。

「嗯。」

「請問……您現在有空嗎？」

美世捧著信封在清霞跟前坐下。

「有空……怎麼了？」

「是，那個……我沒有勇氣一個人讀這封信。」

「嗯……」

「讀這封信的時候，可以請您陪在我身邊嗎？」

對美世而言，要一個人在房裡讀這封信——實在太沉重了。

『這是？』

信封上沒有註明收件人或寄件人是誰。接過這個純白信封後，美世不解地詢問，幸次以平靜的嗓音道出答案。

『是香耶寫給妳的信。』

美世的指尖一震，一瞬間，她甚至搞不清楚自己是在吸氣還是吐氣。

但現在想想，她當下感受到的震撼，或許比過去減輕很多。

換作是剛離開齋森家那時的自己，想必會有種被澆了一頭冷水的感覺，僵在原地無法動彈。

包含幸次在內，清霞和葉月——所有知道這段過往的人，都擔心地望向美世。

她無法在大家的注視下讀這封信。讀完這封信後可能湧現的情緒，想必也會跟洋溢喜氣的婚宴格格不入。

幸次露出一臉愧疚的表情。

他和香耶目前仍維持著未婚夫妻的關係。雖然不確定兩人將來會有什麼進展，但他們現在偶爾會互通書信。

香耶前陣子寄給幸次的書信裡，附上了一封給美世的信，也就是這個純白信封。

「無妨。妳讀信的時候，我會一直待在這裡。」

「謝謝您。」

看到一如往常面無表情的清霞闔起書本這麼表示，美世鬆了一口氣。她拿起揣在懷裡的信封，再次細細凝視。

要確認裡頭寫了些什麼，其實讓她很害怕。

或許是充滿強烈恨意的字句，又或者是不堪入目的咒罵字眼，也可能是完全不同於這些的內容。

就連要加以想像，都讓美世感到有些猶豫。她的腦中一片空白。

她深呼吸一口氣。

終於下定決心後，她小心翼翼地拆開信封，取出裡頭的信件緩緩攤開，開始閱讀上頭短短的幾行文字。

『齋森美世小姐，恭喜您結婚。』

信中的第一句話，是意外中規中矩，同時感覺也很疏遠的一句道賀；但打從第二行文字開始，就完全不是這麼一回事了。

『我不會以「齋森」以外的姓氏稱呼妳。因為，想到一年前發生的事，我至今還是很憤怒，也覺得滿心怨氣無處宣洩。』

香耶以美世寫不出來的流暢、秀麗的字跡，道出自己的心情。

『不過，只要不回想起妳的事，我現在的生活可說是充實、安穩而令人滿足。很不錯吧？成為久堂大人未婚妻的妳，八成吃了不少苦頭。所以，我過的日子絕對比妳舒服好幾倍。』

美世不禁想要輕聲笑出來。

不過，香耶應該沒有要逗她笑的意思。感覺她是懷著極為認真的心情，寫下這些流暢而活潑的字句。

而自己能坦率地這麼想，也讓美世覺得很不可思議。

清霞先前遭到逮捕入獄時，報紙曾刊登過相關報導，因此香耶或許也有所耳聞。再加上信中寫著「我過著比妳更安穩、令人滿足、又舒服好幾倍的生活」，這樣的挖苦，恐怕正確到令人完全無法反駁。

目前，香耶仍在某個以嚴格聞名的家系中工作。

美世完全沒想到，她竟然會給予這樣的生活正面肯定。

『我的學習能力天生就比妳優秀許多。對這樣的我來說，工作根本一點都不辛苦。所以，妳就努力經營自己的生活，讓日子充實一點吧。祝妳過得幸福。』

內容像是在鼓勵、又像是在挖苦的這封信，最後宛如突然冷淡地別過臉去那樣匆匆結尾。

美世將信紙翻到背面，上頭沒有再多寫什麼。

她吐出一口氣，放鬆原本緊繃的神經。

「如何？……我看妳途中一度要笑出來的樣子啊。」

看到清霞有些詫異地這麼問，美世先以「是的，嗯……」回應他，接著將手撫上臉頰思考半晌。

「感覺……」

回想起信件的內容，確實讓她不自覺浮現笑意。

「雖然字裡行間有些帶刺，不過，是一封很歡樂的信。」

「什麼跟什麼啊？」

美世也不明白自己在說什麼，但她只能這麼說明。儘管寫滿挖苦的內容，但從這封信完全感覺不到香耶過去那種陰險或扭曲的情感。

真要說的話，美世過去認識的香耶，是絕對不可能會在美世結婚時特地寫一封書信道賀。

「香耶現在應該每天都過得很充實愉快——這封信讓人有這樣的感覺。」

「……還真令人意外，我原本以為裡頭會滿是忿忿不平的字句。」

「我想，香耶的個性其實很率直吧，而且也很認真。不然，就算她擁有見鬼之才，也不見得能夠驅使術法。」

雖說女性也能以異能者的身分活躍，但這樣的人畢竟是少數。像薰子那樣能夠和男性並肩奮戰的人物，算是相當罕見。

即使是一出生便擁有見鬼之才的女性，「擁有見鬼之才」、「擁有異能」的她們的使命，在於將這種能力傳承給下一代。既然不會踏上戰場，就沒有必要變得能徹底運用這樣的能力。

而術法這種東西，不同於會受到天生資質影響的異能，必須從技術層面或原理好好學習起，同時勤加練習，才有辦法運用自如。

因此，能夠施展術法，就代表香耶必定有好好修練一番。

（正因如此，香耶或許也有她的苦處呢。）

美世不知道自己這輩子會不會有一天能夠對香耶過去的所作所為一笑置之，自己當初受到的傷害，目前仍殘留在心頭。不經意回憶起來的時候，也會因此感到難受。

要是聽到那個以「姊姊」呼喚自己的聲音，她想必會大為動搖。在街上看到身影和香耶神似的少女時，也總會讓她變得提心吊膽。

不過，即使無法原諒、無法直接和香耶面對面，美世還是能像這樣透過書信理解她的心意。

不知為何，這點讓現在的美世感到無比放心。

（自己有確實往前邁進……是因為我已經明白這一點了嗎？）

不只是香耶的事情，被父親和繼母奪走的那些歲月已經要不回來。要說美世不覺得這段時間可惜，不曾因此感到憤慨，恐怕是騙人的。

但她仍持續往前邁進。過去那個只能活在他們的暴行之下的齋森美世，已經不復存在——現在的她能夠這麼想。

「我記得她是十七歲？這樣的年齡，如果願意認真過日子，人生還有機會重來。」

清霞望向遠方輕聲這麼說。美世也點點頭。

「是的。就算只有一年的時間，人多少也能夠改變。」

「畢竟妳也改變了啊。」

「我覺得您也改變了，老爺……」

聽到美世含蓄地這麼說，清霞頓了頓，吐出一口氣笑道：

「或許吧。」

靜謐籠罩了昏黃燈光搖曳的客廳。

兩人都沉默下來的此刻，美世感覺各種情感開始在內心來去。為了掩飾自己有些坐立不安的態度，她將讀完的信件緩緩塞回信封裡。

原本掛意的香耶捎來的書信，現在已經順利讀完，美世的思緒也開始轉移到其他事情上。

『能……能請您等到我們成婚之後嗎……？』

自己幾天前道出的要求重新浮現在腦中。

——等到成婚之後。

現在，兩人已經結婚了，美世已是清霞之妻。所以，接下來——

「那……那個……！老……老爺。」

聽到美世的呼喚聲，清霞靜靜盯著她看。

「老……老……老……公。」

好難為情。明明是很普通的稱謂、是大部分妻子呼喚自己丈夫的方式，為何會這般令人害臊呢？

此刻的自己，想必整張臉已經脹紅到讓人看不下去的程度，全身上下彷彿在燃燒那般滾燙。

美世戰戰兢兢地睜開原本緊閉的雙眼。下一刻，她跟清霞那雙不知是喜悅還是吃驚的——凝望著自己的眸子對上視線。

「美世。」

「老……老爺……？」

「這個稱呼不對吧？」

整個腦袋發燙到宛如一鍋煮滾的水，讓美世有種變得輕飄飄，彷彿正在融化的感覺。她的感官變得遲鈍，自己的身體好像不再屬於自己，宛如置身夢境一般。

她帶著一片渾沌的思緒望向清霞。

「老……老公？」

「嗯，這麼叫也不錯，不過，我更喜歡另一種叫法。」

美世明白他想聽到的是什麼。

清霞緩緩伸過來的手，像那晚一樣撫上美世的背，讓面對面的兩人變成極近距離的狀態。

「清……清霞……先生。」

道出正確答案的瞬間，清霞秀麗的面容靠近。

一股柔軟、甜美的觸感跟著落在美世唇上，她的意識和感覺都像喝醉那樣模糊不清，唯有這個觸感鮮明不已。

美世閉上雙眼，感受這個至今不曾有過的長久而深入的吻。

不知過了多久，兩人的唇瓣才依依不捨地分離。

「妳討厭我這麼做嗎？」

「……不會。」

啊啊，真是的，都不知道自己現在露出什麼樣的表情了。

彷彿因為升溫而融化的身子，像麥芽糖那樣癱軟下來。不過，美世絲毫沒想過要抵抗。

清霞不費半點力氣地抱起美世，從原地起身。

「清霞……先生？」

「這個地方不太適合。」

美世無法深入思考清霞這句話的意思，只能默默以雙手環住他的頸子。

燈光暗去。

新婚這天的夜晚，在朦朧月光和漆黑夜色籠罩下平穩、甜美地流逝。

◇◇◇

街頭的光景，一轉眼就從櫻粉色轉為綠意盎然。

在盛開後凋零的櫻花，枝頭已經完全被翠綠葉片取代，陽光比較強烈的日子也變多了。

在結婚典禮後，又過了幾天。

婚禮結束後，因為有大量繁重軍務得處理，清霞常常不在家。

婚禮隔天，兩人又正式拜訪久堂家一次，接著還前往薄刃家，為了他們代替齋森家以美世家屬的身分提供協助一事道謝，忙得不可開交。

不過，在這些雜務告一段落後，清霞便返回工作崗位，處理在婚禮當天被他拋下的任務的相關事務，忙得連睡覺時間都沒有。

因此，明明是新婚期，美世卻仍過著一如以往的生活，獨自在家中，或是跟由里江一起做家事打發時間。

「現在這樣……讓我回想起一年前被強行帶回齋森家的那天。」

跟由里江一起走在前往帝都的路上時，撐著陽傘的美世這麼輕聲開口。

「美世大人——不對，少奶奶，請您別再回想那種對心臟不好的事情了。我的壽命都要縮短了喲。」

「啊，對不起，我沒有這個意思。」

看到由里江圓瞪雙眼，似乎有些生氣的模樣，美世不禁苦笑著向她賠罪。

她的懷裡揣著一個以包巾仔細包裹住的便當盒，而由里江的懷裡也有一個。

這陣子總是直到深夜才返家，隔天又在天還沒亮的時候踏出家門的清霞，過著彷彿回家只是為了睡覺的生活。因為擔心他的身體狀況，美世和由里江一起準備了便當，正在送去給清霞的路上。

一年前，她們倆也曾在差不多的時期徒步造訪值勤所。

那時，美世不慎將清霞給她的護身符忘在家中，導致之後發生了相當不得了的事情。在那之後，美世總會特別留意這點，不忘將護身符確實帶在身上。

不用說，她今天理所當然也將護身符放在手上拎的束口袋裡。

不知道被清霞施以什麼樣的處理，現在的護身符感覺比一年前更重。每次收到的護身符都會比之前的再重一些，難道是跟清霞擔心她的程度有關？

基於先前被下咒的事，護身符今後可能會繼續增加重量。順帶一提，參加烹飪研習會那天，美世把放著護身符的束口袋跟行李一併寄放在其他房間裡，所以會發生後來的那些事也是不可抗力。

「話說回來，時間真的過得好快呀。美世大人第一次來到家中，感覺好像是昨天才發生的事。」

「……我感覺這段時間好像很長，又好像很短，總覺得很不可思議呢。」

除了「已經過了一年了嗎」的感慨以外，回想起來，這些日子可說是充斥著大風大浪。

跟待在齋森家時那段彷彿靜止的時光相較之下，她來到久堂家的時間很短。儘管很短，光是這一年以來發生的事情，便足以讓人精疲力盡。美世甚至覺得自己能平安無事地存活至今已經算是很幸運了。

由里江從陽傘下方露出燦爛笑容。

「美世大人也成為一位出色的少奶奶了。」

她一如往常地給予美世高評價。不過，在過了一年的現在，美世已經能平靜接受她的讚美了。

「謝謝您。不過，我還不成氣候呢。我跟老爺也才剛成婚幾天。」

「哎呀，無論誰來看，少爺跟您都是十分登對的夫妻喲。您不需要這麼謙虛。」

聊著聊著，兩人一下子便抵達了帝都中央區域的外圍。路上的行人變多，也變得更為熱鬧。

不管在何時造訪，這片壯觀華麗的街景總讓美世嘆為觀止。

兩人走在熟悉的道路上，直接朝對異特務小隊的值勤所邁進。

抵達值勤所後，在大門外頭站崗的守衛似乎認得美世的長相，沒有多加盤問便讓兩人入內。

「咦？美世……小姐。」

穿越大門後，前方突然傳來一個呼喚聲。無須確認，美世也知道對方是誰。似乎是剛從值勤所玄關走出來的幸次，站在前方朝這裡輕輕揮手。

美世稍稍加快腳步，走到幸次身旁，在整頓好自己的呼吸後開口。

「午安，幸次先生。您要外出值勤嗎？」

「嗯，我預計明天會返回舊都，在那之前，還有很多必須幫忙的事情。那妳呢，美世……小姐？」

這是美世在婚宴過後首次跟幸次碰面。那天，她就覺得「美世小姐」這種稱呼，似乎讓幸次叫得很拗口，今天再次聽到，依舊讓人想要發笑。

「呵呵。」

「妳……妳別笑我啦，我一下子還沒辦法改口嘛。畢竟是別人家的夫人，不加上稱謂可不太好啊。」

「謝謝您想得這麼周到。」

「不，真要說起來，我保護自己的用意其實占比較多啦……要是跟妳表現得太熟稔，不知道久堂先生會怎麼說我呢。」

語畢，幸次望向美世懷裡的東西。

「美世小姐，妳是來給久堂先生送便當的嗎？」

「是的。雖然值勤所的餐廳裡也能享用到美味的飯菜，但我還是準備了一些輕食，希望老爺能在肚子稍微餓的時候拿來吃。」

「能讓妳這樣盡心盡力照顧，久堂先生真的很幸福呢。」

幸次的眼底透出一絲陰鬱，但同時也有著過去所沒有的堅強意志。

「幸次先生……」

「啊，妳別在意，我沒什麼特別的意思。我現在也過著相當充實的每一天呢。我有實際感受到自己正在慢慢變強，雖然工作很辛苦，但我也很慶幸自己能加入第二小隊。」

說著，幸次笑著表示「趕快送去給他吧」，同時打開值勤所的玄關大門，催促兩人入內。

向幸次道謝後，美世和由里江便走進值勤所。

有一段時間美世幾乎每天都會造訪此處，因此對裡頭的構造也算熟悉。她跟以前打過照面的隊員一一點頭致意，同時尋找能替她找清霞過來的人。

「啊，美世小姐。」

這時，五道剛好現身。

前幾天在酒宴上顯得有些沒精神的他，今天一如往常地散發出有些輕佻的氛圍。

美世謙虛有禮地向五道鞠躬問候。

「午安，前些日子非常感謝您。」

「午安，不會不會，別客氣～妳今天過來有什麼事嗎？」

「是的，我想送一些吃的過來給老爺。」

聽到美世這麼說，五道臉上一瞬間閃過尷尬而苦澀的神情。

「啊……隊長他現在……該說是在接待訪客、還是在審問對方呢……我想應該馬上就會結束了。」

「這樣的話，我把便當留在這裡，再請您晚點轉交給他，可以嗎？」

沒有必要堅持當面把便當交給清霞。因為，無論再怎麼忙碌，他仍會每天回家陪伴美世。

既然知道清霞很好，今天只要便當能確實交到他手上就夠了。

美世這麼回應後，五道雙手抱胸，皺著眉頭以「可是啊～」再次開口。

「要是知道妳曾經來過值勤所，卻沒能見到面，隊長會很失望呢。啊，總之，先把便當放在這裡吧～」

說著，五道輕快地拎起美世和由里江手中以包巾包裹的便當盒，將它們放在附近的桌面上，接著轉身表示：

「那麼，我去看看隊長那邊的情況。他大概馬上就會忙完了，請妳們稍等一下。」

美世目送五道快步離去。

下一刻，一個模糊卻相當尖銳的女性嗓音傳入美世耳中，感覺是從一段距離外的室內傳來的。

雖然聽不清楚她在說什麼，但可以隱約聽到「好過分」、「為什麼」這類責備他人的字眼。

接著，某個房間的大門「磅」一聲被人猛力打開。

「不好意思，今天請讓我就此告辭。」

以聽起來像是噙著淚水的嗓音這麼表示後，從大門敞開的房間──會客室走出來的，是一名身穿和服的女性。瞥見那熟悉的身影，美世不禁吃驚地喊出聲。

「……君緒……小姐？」

在同一時間也察覺到美世存在的君緒轉過頭。或許是哭過的緣故，她看著美世的一雙眼紅通通的。

「齋森小姐……」

這麼輕喃後，君緒從在走廊上停下腳步的五道前方走過，直接朝美世奔去。

「齋森小姐……啊，是久堂太太才對，恭喜您結婚。」

「謝謝您，君緒小姐。」

儘管臉上掛著看似方才哭過的淚痕，卻仍若無其事地向自己搭話的君緒，讓美世有幾分錯愕。

同時，她也回想起因為忙著籌備婚禮，而被自己遺忘在腦海一角的某個事實。

（對了，是君緒小姐對我下咒——）

因為那是個輕微的詛咒，事情最後並沒有演變成太嚴重的情況。儘管如此，眼前這名女性確實是對自己下咒的人。美世不禁嚥了嚥口水，神經也變得緊繃起來。

「嗳，我們能聊一下嗎？我想聽聽妳跟久堂先生的結婚典禮辦得如何。」

「可是……」

兩道眉毛彎成八字狀，眼眶和鼻頭泛紅的君緒，看起來著實令人心疼。

雖然不知道君緒剛才發生了什麼事，但要是想找人訴苦的話，美世希望自己能當她的聽眾。

對方是一名手無縛雞之力的女性。雖說過去曾對自己下咒，但兩人畢竟是國小同學，君緒本人也沒有特別的力量，所以應該不會有問題……美世的視線在空中游移了短短幾秒鐘。

同時，君緒從和服衣袖中取出一個泛著黯淡光澤的小巧金屬物體。

「咦，君緒小……」

「對不起。」

以聽起來不帶半點感情的淡漠嗓音回應後，君緒毫不猶豫地舉起手中緊握的物體，瞄準美世的胸口揮下。

「美世大人！」

最先發出尖叫聲的，是站在一旁的由里江。緊接著——

「給我住手！」

五道的怒吼聲迴盪在走廊上。

這一連串的發展，像是慢動作播放那樣在美世的視野當中上演。儘管已經發現君緒手中握的是一把折疊式小刀，但身體動作趕不上思緒的美世來不及阻止她。

「美世！」

清霞的嗓音傳來。他臉色蒼白地衝出君緒方才離開的那間會客室，不過，想當然爾，君緒揮下小刀的動作更快。

「啊……」

刀尖陷入胸口，美世沒能躲過這一擊。

她沒有感覺到痛楚。不過，因為在千鈞一髮之際稍稍往後退，沒站穩腳步的她整個人跌在地上。

「妳這傢伙！」

比清霞早一步趕過來的五道，帶著滿腔殺意拽住君緒，將她壓制在地。

「呀啊！」

在君緒發出短短尖叫聲而被壓制的同時，跟著掉落地面的小刀發出清脆聲響，刀尖並不見鮮血的痕跡。

察覺到值勤所走廊上發生異常事態的隊員們陸續趕到，騷動一下子擴大。

「美世、美世！妳沒事吧？」

看到清霞心急如焚地衝過來將自己抱起，美世茫然撫摸自己的胸口。

（我……沒有受傷？）

她抬起上半身，但別說是胸口被刺傷，就連和服都完全沒有破損。當然，也沒有任何地方覺得痛。她不解地歪過頭。

「我沒事，只是跌倒了……不過，為什麼呢？」

「妳有把護身符帶在身上吧？」

聽到因為放心而重重吐出一口氣的清霞這麼說，美世才恍然大悟地「啊」了一聲。

似乎經過多次改良的護身符已經和一年前有所不同，除了異形、異能或術法以外，甚至還能防衛一般人的物理攻擊。

多虧這個護身符，慘劇才沒有上演。

要是就這樣被小刀刺傷胸口，美世絕對會身受重傷，依據刀尖刺入的位置，她還可能當場死亡。

令人不適的劇烈心跳遲遲沒有減緩。要是自己像過去那樣，把護身符忘在家裡的話——這樣的想像，讓美世的背竄起一陣寒意。

「為什麼！」

君緒發出足以刺穿眾人鼓膜的尖叫聲。

「為什麼……為什麼……只有妳能好好被守護，一臉幸福洋溢的樣子……」

君緒不停哭泣。頂著一頭亂髮、臉上掛著斗大淚珠的她，狼狽地放聲大哭。

「太狡猾了……妳太狡猾了，齋森小姐！為什麼只有我被大家冷淡對待、無法被愛、也無法被任何人保護呢？我也沒料到詛咒會帶來那樣的效果呀。我根本什麼都不知道！為什麼只有我要受到責罰？」

「君緒小姐……」

「我……我到底該怎麼辦才好？不是我自願嫁入那個家的。就算這樣，我還是誠心誠意侍奉自己的丈夫和婆婆，但他們卻總是對我很刻薄，沒有半個人願意珍惜我！」

美世困惑地說不出半句話。

參加烹飪研習會時，她多少有察覺到君緒過得不是很幸福的事實。

然而，在那天跟君緒久違重逢的美世，不過是跟她沒什麼交情的小學同學。這樣的美世，並沒有能力為君緒做些什麼。

此刻，她也不知道該對眼前的君緒說些什麼。

正當美世的視線不知所措地四處游移時，清霞以擁著她的姿勢朝著君緒投以冰冷的視線。

「……我說過了，我可以替妳聯絡負責處理這類問題的單位，請妳找他們提供協助。但妳卻不當一回事，還好意思泣訴無人願意保護妳？」

清霞厭煩地這麼開口後，壓制著君緒的五道也不客氣地幫腔。

「至少，在那場異形騷動之後，我們確實有對妳伸出援手，所以可沒有『大家都冷淡對待妳』這種事。妳的被害妄想太誇張了，雖然可以理解妳已經走投無路。」

「怎麼這樣……」

「少在那邊說什麼這樣那樣的。做出這種事的妳，完全是殺人未遂的現行犯。因為自己受傷，就想讓別人也同樣受傷，這是絕對要不得的行為。」

五道的發言，讓君緒的表情變得更加扭曲。她的痛哭聲響徹了整間值勤所。

目睹這個光景的人，全都露出帶著幾分尷尬和苦澀的陰鬱表情。

小學同學哭泣吶喊的模樣，讓美世感到相當揪心。

她忍不住跪坐在君緒面前，伸出手輕撫她的背。

「君緒小姐，之前，能在烹飪研習會上跟您聊天，我覺得很開心喲。」

就算聽到來自美世的安慰或鼓勵，君緒大概也只會覺得不舒服，甚至變得更加憎恨她吧。所以，美世唯一能對她說的只有——

「有機會再一起參加烹飪研習會吧。我還想……再跟您多聊聊天。」

她不知道自己的這些話，最終有沒有順利傳入趴在地上哭泣的君緒耳中。

不過，沒看錯的話，君緒似乎有輕輕點了點頭。

「妳真的沒受傷？不，護身符的力量很完備，但就怕有個萬一。」

「老爺，您擔心過頭了。我真的連一點小擦傷都沒有呀。」

君緒被帶走後，值勤所裡頭也慢慢恢復成平常的狀態。清霞寸步不離美世身邊，老是在擔心她的身體狀況。

儘管再三告訴他自己沒事，他攬著美世肩頭的手仍沒有放鬆力道。

剛才在美世身旁的由里江，因為這起意外而受到極大震撼，目前還坐在一旁的椅子上休息。

清霞皺眉垂下眼簾。不知是不是美世多心，他看起來似乎有點想哭。

「……我還以為自己會死掉。」

「咦……那個……呃……？」

以為自己會死掉的人，理應是美世才對。

在美世為丈夫的發言感到一頭霧水時，清霞像是觸碰易碎物那樣，以指尖輕觸她的臉頰。

「那個瞬間，我忍不住想像起要是妳死了，自己之後會變成什麼樣子……最後得出了『我恐怕也不會苟活太久』的結論。」

「您……您這是在說什麼呢！」

美世錯愕地瞪大雙眼。

她好不容易從自己差點被殺的衝擊中平復，現在卻又因為其他原因而開始驚慌失措。

清霞怎麼能死呢。當然，美世也不想死，但要是清霞做出這種追隨她而去的行為，化為幽魂的自己想必只會覺得傷心又生氣吧。

更重要的是，美世絕對無法承受清霞因為她而糟蹋自身的寶貴性命一事。

「這是極其自然又理所當然的結論。除了妳以外的人，想必都能理解。」

「不……不可以這麼做喲。要是您真有這種打算，我會每晚出現在您的夢中……呃……然後責備您。」

「如果妳每晚都會出現在夢中，我應該能活久一點吧。」

「這……這不是在開玩笑，我是認真的。」

聽到美世變得強硬一些的語氣，清霞才終於展露笑容。

他原本蒼白的臉頰現在似乎稍微恢復了血色，美世或許也跟他差不多吧。畢竟她剛才也嚇得全身發冷，彷彿從鬼門關前走了一遭。

「妳平安無事真是太好了。」

「……對不起，讓您擔心了。」

「不，妳沒事就好。」

這麼說完之後，清霞輕輕將掌心擱在美世頭上，也終於鬆開那隻一直緊緊攬著她肩頭的手。

「我去叫由里江過來。雖然不能送妳們回家，但到門口還可以……」

「不要緊，護身符會保護我。」

看到美世微笑著這麼回應，清霞也露出柔和的表情。

◇◇◇

跟其他隊員一起將君緒押送法辦的五道，看著警察確實將她帶走後，便返回值勤所。

此時，身為上司的清霞護送愛妻到門口的身影映入他的視野。

即使站在好一段距離外，也能看出兩人的表情十分平穩而幸福，宛如盛開的花朵一般。無人能介入這樣的他們。

（隊長改變了呢。）

但五道並不討厭這樣的改變，反而還覺得有些羨慕。

遇見美世前，清霞那張美麗的面容總是相當冰冷，整個人也散發出難以靠近的犀利氛圍。

對君緒毫無興趣，以冷淡、不帶半點感情的態度對待她的長場。

倘若清霞沒有遇見美世，最後隨便迎娶一名條件還可以的女人為妻，恐怕也會成為像長場那樣的丈夫吧。

但現在，他卻變得會露出如此放鬆而溫柔的表情。

微微瞇起的細長雙眼、上揚的嘴角，以及帶著憐愛的嗓音。這些舉手投足的表現，都是清霞深愛著妻子的鐵證。

「唉……雖然很開心，但也好空虛喔～……」

要是自己哪天也能遇見這樣的對象就好了。儘管五道心中這麼想，現實卻無法盡如人意。

更何況——

（既然「土蜘蛛」仍在這個世上肆虐，不先解決掉牠的話，哪有心思想結婚這檔子事呢。）

土蜘蛛。能一次幻化成多個人物，再讓這些人以不同身分為非作歹的殘暴異形，至今仍四處迫害人類。

「不能給新婚的隊長添麻煩，得更慎重行動才可以。」

五道思考著這名殺父仇人的事。

有一段期間，他相當憎恨沒能拯救父親的清霞。然而，在明白清霞心中也懷著強烈而難以抹去的悔恨後，五道認為就算責備這樣的他，也毫無意義。

（這次，我一定要用自己的雙手……）

五道沒有逃避在內心打轉的黑色漩渦。他以手按著心臟所在的位置，緊緊掐住身上的軍裝。

遠處的清霞，此刻被喜悅、幸福的氛圍籠罩，臉上也帶著微笑。眺望著這樣的他，五道的嘴角不自覺上揚。

終章

暖春結束，開始邁入夏季後，晴朗的天氣持續著。呈現清一色翠綠的公園裡，因為數不少的遊客顯得相當熱鬧。

撐著陽傘坐在長椅上的美世，望向自己的大腿上方。

（老爺看起來很舒服呢。）

以美世大腿為枕的清霞，正在迷迷糊糊地打瞌睡。

據說會危害人們的強大異形再度現身，因此，對異特務小隊一連好幾天，都忙著收集情報、開會討論今後的對應方針，以及實際與該異形對峙時所應採取的行動。再加上還必須同時遂行一般的日常業務，眾人可說是忙得天翻地覆。

自從君緒企圖刺殺美世那天開始，這樣的狀況便一直持續到今天。

因為清霞忙到幾乎無法休假，美世希望偶爾能趁午休時間跟他好好說上幾句話，兩人便相約今天正午在這座公園見面。

在長椅上並肩坐下後，兩人一起分享美世帶來的便當，直到方才才真正開始變得放鬆。

隨後，坐在旁邊的清霞將頭靠上美世的大腿，就這樣開始發出熟睡的呼吸聲。

「辛苦了，清霞先生。」

以終於能順利說出口的稱謂輕喚的美世，輕輕替清霞撥開落在臉上的髮絲。

即使她這麼做，清霞也沒有醒來，甚至連纖長的睫毛都不曾動過。

他果然累積了不少疲勞，這也是當然的。

美世不自覺地望向天空。呈現一片鮮明的藍色、正在朝夏季邁進的天空，湛藍和翠綠相互交融的景色，光是看著就令人神清氣爽。

不時傳來的樹鶯啼叫聲，跟春天那時斷斷續續的狀態相比，現在聽來彷彿變得熟練許多。

（時間好像差不多了。）

之後，清霞必須再次返回值勤所，一直工作到很晚。

要叫醒睡得這麼香的他，實在令人於心不忍，但這也是沒辦法的。

「清霞先生。」

美世輕聲呼喚丈夫之名，伸出手輕柔地撫摸他的頭，接著再度輕喚。

「清霞先生，請您醒醒。」

清霞的眼皮抽動了幾下。他緩緩睜開的雙眼，和美世對上視線。

「早安。」

「……噢，早安。」

以剛睡醒的沙啞嗓音回應的他，看起來好令人愛憐。即使每天都在一起，美世對他的愛並沒有變成習慣，反而一天一天加深。

每看到清霞嶄新的一面，她都會心跳加速，同時也變得更喜歡他。

就連剛認識彼此的時候，清霞對她說的那些冷淡發言，現在回想起來，都讓美世覺得可愛。戀愛還真是一種不受控制的東西。

「我睡了多久？」

「大概短短十分鐘而已，您多少有休息到嗎？」

「嗯……妳的腿很不妙啊。要是妳沒叫我起床，我恐怕會繼續熟睡下去。」

眨了幾下眼後，清霞俐落抬起上半身，吐了一口氣之後站起來，然後朝美世伸出手。

「走吧，要是離開值勤所太久，對其他隊員也不好意思。」

美世毫不猶豫地握住清霞的手，跟著從長椅上起身。

但在站起來的瞬間，清霞輕輕將她的手拉向自己，兩人的距離因此一瞬間極度靠近

——下一刻，他的唇瓣像是蜻蜓點水那樣吻上她的。

「老……老爺！怎怎怎……怎麼可以……在這種地方！」

沒想到清霞會在外頭，而且還是在大白天做出如此大膽的行為，無視美世手足無措的反應，清霞對她露出看似心情大好的笑容。

「走吧。」

「請……請您等等。」

兩人自然而然地牽起彼此的手。

「等工作告一段落，我們就去度蜜月如何？」

「……好的，我很想去呢。」

「先想好妳想去的地方吧。」

美世和清霞邁開腳步，聊著稀鬆平常的對話，迎著讓人身心舒暢的微風前進。

被至高無上的幸福感籠罩的美世，露出了宛如花朵盛開的動人笑容。

後記

一如往常的，各位，一年不見了。大家都過得好嗎？

我是因為最近自我介紹的頻率莫名變多，再次開始後悔「早知道就取一個更美、更可愛、更好記又奇特的筆名了……」的顎木あくみ。

如果知道自己會因為這部作品出道，我一開始就會認真想筆名了呢……

如同上一集後記中的預告，這集會是皆大歡喜的故事。

開始網路連載後，至今已經過了五年，終於進展到符合書名的階段了。

倘若在預告中寫下「美世和清霞終於要結婚了」，感覺會變成很直接了當的劇透，所以我兜個圈子（其實也沒有）表示這集會是一如書名的美滿故事，不知道有沒有順利讓各位理解我想表達的意思？

前一集也稍微提過，在抵達「結婚」這個里程碑前，發生了很多事。

除了美世和清霞所面臨的考驗以及波瀾萬丈的故事發展以外，我自己在動筆時，也時常遇到寫得很吃力的部分。

不過，要是這部作品沒能持續這麼久的話，我恐怕也沒機會如此鉅細靡遺地描繪婚禮的場面，還有兩人結為夫妻的瞬間了吧。如果照著一開始的計畫，在第二集末尾就讓兩人結婚，故事八成會以「兩人舉辦了一場盛大婚禮，在眾人祝福下結為夫妻」這樣的一句話劃下句點。

隨著集數增加，故事延續下去，我也得以細膩描寫美世和清霞對彼此的情意升溫的過程。或許正因如此，我才會湧現「不能讓他們草草辦一場婚禮就結束，我想好好寫出符合書名的發展」這樣的想法。

所以，對於一路支持我到現在的各位，我內心只有滿滿的感謝。

為了向持續為我加油打氣的大家表達謝意，我努力將這集寫成宛如甜點那樣甜滋滋的故事，但願所有人都能看得樂在其中。

這集小說出版時，動畫應該也開始播放了吧。春天的真人版電影、夏天的動畫化等接二連三的影像化企畫（註5），讓我不勝感激，同時也單純以一名觀眾的身分享受著作品。

真人版電影真的、真的是太棒了……動畫的作畫品質也極其精緻，真的讓我感激萬分。

推行影像化的相關人員都非常重視原作，我時常覺得，有緣和專業人士建立起這層關係的自己，真的很幸福呢。

目前高坂りと老師正在連載的漫畫版，分鏡和作畫都精美無比，也大受好評喔！即使知道故事會怎麼發展，卻還是每每讓我湧現揪心……沉重……不安……這類情緒不穩定的感覺。因為漫畫版實在畫得太好了，我每次的感想都只有「我覺得這樣很好！」這樣。

最後，我同樣要來感謝讓這部作品順利出版的大家。

因為影像化等企畫，撰寫這集故事讓我消耗掉不少心力。萬分感謝此時一直從旁協助我處理各種事項的責編大人，日後恐怕有勞您繼續幫忙……（非常抱歉）

每次都替我描繪無敵精美的封面插圖的月岡月穗老師。出自老師之手的插圖，總是美得讓我說不出話，但這次的破壞力又格外驚人！幾乎是讓我只能默默流著眼淚鼓掌的程度了。非常感謝您。

還有一路支持我至今的讀者們。真心感謝各位一直持續閱讀本系列作。大家寫來的

註5：以上指日本發行時狀況。

信，每天都確實鼓勵著我。「我的幸福婚約」這個故事還會持續下去，如果大家能一起看著美世和清霞的故事發展到最後，是我莫大的榮幸。

那麼，我們下次再會。

顎木あくみ

輕文學 Light Literature

KAKUYOMU網路小說競賽三冠王得主獲獎作！
我一直如此孤單，直到我遇見黑狼王，遇見了你。

黑狼王與白銀人質公主 I ～在邊境之地得到最愛～

高岡未來 / 著　　林于楟 / 譯

貴為王女的艾黛兒，自幼便因母親是妾室而遭王后等人欺凌。在澤斯王國敗戰後，艾黛兒代替同父異母的王姊嫁入戰勝國，成為擁有「黑狼王」別稱的歐帝斯之妻。傳說中的歐帝斯，是如野獸般只懂得戰鬥的蠻族之王。但艾黛兒眼前的，卻是一位理智貌美的黑髮青年——而這場邂逅，發展出足以動搖王國存亡的事態……

定價：NT＄320 元 /HK＄107 元

輕文學 Light Literature

©Kori Hisakawa 2022

KAKUYOMU網路小說競賽戀愛部門大賞得獎作！
深陷交錯誤會中的甜美寵溺羅曼史！

致未曾謀面的丈夫，我們離婚吧！上、下

久川航璃／著　黛西／譯

蓋罕達帝國的子爵家千金拜蕾塔，是一位具備優秀商業才能及武術實力的才女。她有個結婚八年來素未謀面的丈夫——伯爵家長男，傳聞中是個無比冷酷的美男子，安納爾德中校。當戰爭迎來終結時，丈夫也從戰場歸來。面對拜蕾塔想離婚的期望，安納爾德提出了以一個月為限的荒唐「賭注」——

定價：各 NT＄300 元 /HK＄100 元

國家圖書館出版品預行編目資料

我的幸福婚約 / 顎木あくみ作 ; 許婷婷譯 .
-- 初版 . -- 臺北市 : 臺灣角川股份有限公司 ,
2024.01-
冊 ; 公分 . --

譯自 : わたしの幸せな結婚 七
ISBN 978-626-378-423-9(第 7 冊 : 平裝)

861.57 112019589

輕文學 Light Literature

我的幸福婚約 七

原著名＊わたしの幸せな結婚 七

作　　者＊顎木あくみ
插　　畫＊月岡月穂
譯　　者＊許婷婷

2024年1月25日 一版第1刷發行

發 行 人＊台灣角川股份有限公司
總　　監＊呂慧君
總 編 輯＊蔡佩芬
主　　編＊李維莉
美術設計＊林慧玟
印　　務＊李明修（主任）、張加恩（主任）、張凱棋

台灣角川

發 行 所＊台灣角川股份有限公司
地　　址＊104台北市中山區松江路223號3樓
電　　話＊（02）2515-3000
傳　　真＊（02）2515-0033
網　　址＊http://www.kadokawa.com.tw
劃撥帳戶＊台灣角川股份有限公司
劃撥帳號＊19487412
法律顧問＊有澤法律事務所
製　　版＊尚騰印刷事業有限公司
I S B N＊978-626-378-423-9